EGF

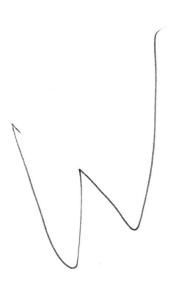

merch noeth

SONIA EDWARDS

Gwasg
Gwynedd

Argraffiad Cyntaf — Tachwedd 2003

ISBN 0 86074 201 6

*Cyhoeddwyd ac Argraffwyd
gan Wasg Gwynedd, Caernarfon*

1

'Blondan ydi hi.'

'Pwy?'

'Cariad newydd Dad.'

'O.'

Mae hi'n craffu'n hir arna' i, yn amlwg wedi disgwyl mwy o ymateb.

'Dyna'r cyfan fedrwch chi'i ddeud? "O"?' Mae fy nifaterwch i'n siom iddi.

'Be' ti'n ddisgwyl i mi'i ddeud? Ma' gynno fo hawl i wneud fel fynno fo.'

Mi oedd cariadon Eic yn poeni mwy arna' i pan oedden ni'n briod. A doedd hwnnw ddim yn gyfnod hir iawn. Pedair oed oedd Cit pan wahanon ni. Bellach mae hi'n ddwy ar bymtheg sinigaidd hefo stỳd yn ei thrwyn a lliw ei gwallt yn newid yn amlach na'r tywydd. Heddiw mae ganddi ffrinj pinc rhyfedd 'run lliw yn union â choesyn riwbob. Dwi'n hiraethu weithiau am lyfrau *Smot* a thuniau o fwyd babi. A finna'n meddwl mai hwnnw oedd y cyfnod anodda'...

'Blond o botal ydi o hefyd.'

'Be'...?'

'Ei gwallt hi. Lliw potal. Mi fetia' i nad dyna'i lliw naturiol hi...'

Dwi'n gegrwth. Sut feiddith hi fod mor feirniadol o

wallt neb a'i gwallt hi ei hun yn debycach i grib deryn trofannol nag i dresi glanwaith merch ysgol?

'Jyst gweddïa ditha y golchith hwnna allan cyn dydd Llun, madam, neu mi fydd Lisi Lew am dy waed di!'

Mae hi'n gor-wneud rhyw ochenaid fach dosturiol ac yn sbio arna' i fel pe bawn i'n meddu ar synnwyr ffasiwn Siân Owen Ty'n y Fawnog:

'God, Mam, chill out, wnewch chi! 'Dach chi mor "ddoe" efo bob dim...'

Mae'r Eingl-Americaneiddio haerllug yn merwino 'nghlustiau i. Dwi ar fin rhoi pryd o dafod iddi ond mae'r ffôn yn canu ac mae hi'n dianc yn gyfrwys o 'ngŵydd i, yn amlwg yn synhwyro bod darlith-tŷ-ni ar Dynged yr Iaith yn mynd i gael ei thraddodi eto fyth. Taswn i damaid callach yn poeni. Mi fasa'n cael joban yn darllen bwletinau newyddion ar Radio Cymru heb i neb droi blewyn oherwydd bod Cylch yr Iaith yn rhy brysur yn rhestru faint o ganeuon Saesneg sy'n cael eu chwarae i boeni bod cenedl pob enw bron ym mynd o dan draed darlledwyr. Mi fasai'n well gen i wrando ar Radio Cymru'n bloeddio caneuon y Beatles bob dydd pe bawn i'n cael sicrwydd bod cyflwynwyr rhaglenni'n gwybod pryd i dreiglo. Ond mi fydd yr Wyddfa wedi troi'n glwff o gorgonsola cyn digwyddith hynny; mi ddaw'r genhedlaeth newydd hon i reoli'r wlad yn ddidreiglad a'u cystrawennau'n gybolfa anhygoel fel candis mewn cwd papur. Ac mi fydda' inna mewn cartref hen bobol a fy siôl-Siân-Owen dros fy mhen, yn chwilio am gysur ym meibl William Morgan – lecish i 'rioed mo'r cyfieithiad newydd 'na – ac yn hiraethu am y dyddiau pan oedd pobol yn gwybod be' oedd cyflath a bod yn 'ffetus' a lle i osod y fannod mewn brawddeg...

'Ceri sy 'na i chi!'

Ceri ydi fy nghyhoeddwr i. Ac un o fy ffrindiau gorau i hefyd. Ceri 'fo', nid Ceri 'hi'. Er nad ydi hynny ddim bob amser yn amlwg chwaith. Mae amwysedd ei enw'n gweddu i'r dim iddo.

'Mared, cyw. Ti'n iawn, del? Gwranda, Siwgwr Plwm, ma' gin i newyddion ffab i chdi...'

Ffab? Na, nid Ceri hefyd.

'... ma' gin i gomisiwn i ti ... sut wyt ti'n ffansïo deng mil o bunnau am sgwennu nofel boblogaidd...'

Dwi'n ffansïo deng mil o bunnau. A dwi'n syfrdan. Pres go iawn am sgwennu nofel Gymraeg. Mae Ceri'n dal i fyrlymu i'r ffôn. Crynodebau. Cytundebau. Tyrd draw i'r swyddfa fore Llun, cyw... Fedra i ddim dydd Llun. Gwaith llanw yn y bore yn Ysgol y Bryn, cyfieithu-ar-y-pryd yn y p'nawn yn un o gyfarfodydd y Cyngor. Y jobsys-bara-menyn na fedra i ddim fforddio'u hanwybyddu. Wel, tan rŵan, beth bynnag. Rŵan dwi'n un o'r dethol rai. Wedi cyrraedd. Yn Nofelydd o Bwys. Mi ga' i ista wrth fy nesg drwy'r dydd, bob dydd am wythnosau yn sgwennusgwennusgwennu. Mae brwdfrydedd Ceri'n heintus. Pres difrif, Siwgwr Plwm. Ti 'di hitio'r *Big Time* rŵan.

Mae gen i wên wirion ar fy wyneb. Dwi'n dechra teimlo 'fath â Geoffrey Archer cyn iddo fo fynd i'r jêl...

'Mared?'

'Be'?'

'Ti 'di mynd yn ddistaw iawn. Dim ond gneud yn siŵr dy fod ti'n dal yna...!'

7

'Wedi cael sioc ar fy nhin, Ceri. Dyna'r cyfan!'

Mae yntau hefyd. Mae'n rhaid nad oedd o ddim yn credu bod ganddo gystal awdures ar ei lyfrau. Mae o'n siarad gormod, 'fath â merch ysgol. 'Dan ni'n trefnu i fynd allan am bryd bwyd i ddathlu. Ceri'n talu. Fel dyla fo. Mae yntau'n mynd i elwa o hyn hefyd. Dwi'n rhoi'r ffôn i lawr ond mae llais Ceri'n dal i ganu yn fy mhen i. Comisiwn. Canmoliaeth. Dedlein. Pres. Dwi'n dewis meddwl am y pres.

Efallai y ca' i gegin newydd, neu newid fy nghar... Wedyn dwi'n cofio am fy ngorddrafft. Bil y cyfrifydd. Bil y dreth incwm. A dwi'n sobri. Heblaw am bobol y dreth fasa dim rhaid i mi dalu i gyfrifydd. Dwi'n teimlo fel chwyrnu a dangos fy nannedd pan dwi'n meddwl am yr 'Ingland Refeniw'. Dwi ar yr un donfedd ag Ifans y Tryc. Dim ond gwehilion dynolryw fedrai fod yn ddynion treth. Mae yna dueddiadau llofruddiaethol yn dod drosta' i pan fydda i'n meddwl am swyddfa'r dreth incwm a'i dynion siwtiog sych a'u hwynebau lliw uwd. Dydi fy neng mil i ddim yn ddeng mil bellach ac mae peth o'r gwynt wedi mynd o fy hwyliau cyn i Cit ddod yn ei hôl i'r ystafell.

Mae hi wedi bod yn paratoi i fynd allan a dw inna wedi bod yn fy mharatoi fy hun ar gyfer y sioc ddiweddara'. Mae hi wedi bod yn mynd trwy gyfnod 'gothig' yn ddiweddar – lipstic du a rhywbeth pur debyg i goler ci am ei gwddw. Ac mae hi'n frawychus o or-sensitif, or-hormonaidd, yn ddwy ar bymtheg-gwbod-y-cwbl-ond-methu-cymryd-jôc. Pan fentrais yn gellweirus am y coler ci na wyddwn i ddim bod Petsmart yn gwerthu atodiadau i'r byd ffasiwn, ches i ddim ond edrychiad oer a oedd yn gymysgedd o ddirmyg a thosturi. Roedd yr wyneb-wedi-cymryd-ati yn gwneud iddi edrych yn debycach fyth i Morticia o'r Addams Family. Mygais bwl o fod isio chwerthin. Fy hogan fach i oedd hi o hyd, ac ar adegau fel hyn roeddwn i'n cael anhawster i'w chymryd o ddifri'. Fy nghamgymeriad cyntaf. Anghofio fy mod inna wedi bod yn ifanc. Anghofio sut olwg oedd arna' inna pan oedd y Bay City Rollers mewn bri.

Ond heno dwi'n cael gwahanol fath o ysgytwad. Mae'r crib ceiliog wedi mynd, ac er bod yr un lliw riwbob yn ei gwallt hi, mae hi wedi'i olchi o hyd at sglein a'i ddofi hefo brwsh poeth. Edrycha'n eitha' 'chic', bron fel model mewn cylchgrawn. Dwi wedi fy nharo'n fud am ei bod hi'n edrych cyn hardded. Cyn hyned. Ugain oed yn braf. Mae'i cholur hi'n dlws heno hefyd. Minlliw gwlithog golau a rhywbeth lelog ysgafn ar ei hamrannau. Nid Morticia ydi hi.

'Waw!'

Dwi'n disgwyl iddi ymateb yn goeglyd i'r synau cymeradwyol dwi'n eu gwneud ond dydi hi ddim. I'r gwrthwyneb. Mae hi'n edrych braidd yn swil arna' i ac yn gwenu, a dwi'n cael rhyw deimlad od 'mod i ar gyrion cyfnod newydd, sydyn yn ei bywyd hi pan fydd rhaid i mi ddod i ailddechrau'i nabod hi.

'Ti'n dlws, Cit!'

Mae hi'n gwrido, rhyw binc del i gydweddu â'i thlysni, ac yn rhoi sws sydyn ar fy moch i cyn dianc a lluchio addewidion brysiog dros ei hysgwydd na fydd hi ddim yn hwyr. Ogla hyfryd odiaeth ar ei phersawr hi. Chwaethus a drud. A chyfarwydd. Dwi'n sylweddoli'n sydyn mai wedi dwyn peth o f'un i mae hi.

Nos Sadwrn. A dwi wedi dewis bod ar fy mhen fy hun. Wedi dewis bod heb neb. Roeddwn i wedi meddwl y byddai Marc wedi dod i olygu rhywbeth i mi. Ffotograffydd. Tal. Golygus. Llwyddiannus. Car smart. Cymro. Ac yn glên. Mae hi'n anodd cael gafael ar hynny i gyd mewn dyn – mae'n ymylu ar berffeithrwydd. Ac roeddwn i'n meddwl 'mod i wedi cael hyd iddo fo. Fy nyn-bron-yn-berffaith. Nes i mi ddeall beth oedd y cymhellion tu ôl i'w wên deg a'i weniaith.

'Na, Marc. Faswn i ddim yn teimlo'n gyfforddus…!'

'A chditha'n deud dy fod ti'n fy ngharu i…'

Fi'n deud peth mor fyrbwyll, mor fuan? Pryd oedd hynny, ta? Sawl potelaid o win coch gymrodd hi…?

'Ia, ond…'

'Os wyt ti'n fy ngharu i, mi ddylet ti fy nhrystio i…'

Oedd 'na fwy o bwyslais ar yr 's' yn y 'trystio' 'na nag a ddylai fod, ynteu a oedd fy nychymyg yn newid gêr wrth i 'mhyls i gyflymu. Cusanu 'mronnau i oedd o ar y pryd ac roedd y golau'n isel. 'O, maen nhw'n hardd… trysssstia fi…!' Mi gofiais am gân hypnotig y sarff yn ffilm y *Jungle Book*. A meddwl hefyd y dylwn i fod wedi gwrando ar y jipsan honno ym Mlacpwl yr ha' diwetha'. Madam Petulengro mewn dillad Marks. Wn i ddim faint o waed Abram Wood oedd ynddi ond doedd hi ddim yn bell o'i lle pan ddywedodd hi wrtha i am wylio rhag llygad gwydr oedd yn gysylltiedig â dyn â'r un llythrennau cyntaf yn ei enw bedydd ag oedd gen i. M-A-rc. M-A-red. Doedd ganddo fo ddim llygad tsieni pan darais i arno fo felly roeddwn i'n meddwl 'mod i'n saff. Nes i mi gofio am lygad gwydr ei gamera fo…

'Be' wna i, Ceri? Mae o isio tynnu lluniau ohono' i –
yn noethlymun...'

Un fantais o gael ffrind gorau sy'n ddyn – ac yn hoyw
– ydi bod modd cael persbectif newydd ar bethau. A dydi
Ceri ddim hanner mor feirniadol â rhai o'm ffrindiau-
genod i – na mor hawdd i'w ddychryn.

'Lluniau noethlymun yn medru bod yn chwaethus
iawn,' meddai Ceri, rhyw dinc nid cwbl blatonaidd o
ddireidus yn ei lais, 'a ma' gen ti dits bendigedig!'

Dwi'n cofio bod yn eitha' syfrdan pan ddywedodd o
hynny a llyncu'n groes nes bod fy llygaid i'n dyfrio.

'Wyddwn i ddim dy fod ti wedi dechra cymryd
diddordeb mewn petha felly, Ceri Harris!'

'Mae gen i ddiddordeb mewn popeth sy'n hardd!'
meddai Ceri'n ffug-freuddwydiol. 'Dyna pam dwi'n
edmygu dy sgwennu di!'

Mae ganddo'r ddawn o roi teyrngedau i mi na fyddwn
yn debyg o'u cael gan ferch, a'i ogoniant ydi'i fod o'n
gallu gweld pethau o safbwynt merch yn ogystal. Yr ochr
fenywaidd yn gryf ynddo.

'Wel, wyt ti'n ei drystio fo, ta, Mar? Dy hync o
ffotograffydd!'

A dwi'n oedi. Yn sylweddoli. Dwi'n nabod Marc ers
tri mis. Dwi ddim hyd yn oed yn cofio dweud wrtho fo
'mod i'n ei garu o. Dwi ddim yn ofnadwy o siŵr ydi
yntau wedi dweud wrtha inna chwaith. Ac mae'r saib yn
y sgwrs yn rhy hir.

'Dyna dy ateb di,' meddai Ceri'n llyfn. 'Paid â gadael
iddo fo dynnu'i luniau os oes gen ti'r gronyn lleiaf o
amheuaeth ynglŷn â'r hyn y bydd o'n ei wneud hefo nhw

wedyn. Ti'm isio dy weld dy hun rhyw ddiwrnod ar dudalen y *Readers' wives*, nag wyt?'

Er mai jôc Ceri oedd hi, roedd y syniad yn fy ngadael i'n oer. Sylweddolodd yntau hynny a difrifolodd.

'Mi ddylet deimlo fel un hefo rhywun cyn gadael iddyn nhw wneud peth felly...'

A dwi'n deall hynny. Wrth gwrs fy mod i. Yn deall hynny'n well na neb. Yn deall bod angen bod yn un hefo rhywun cyn gadael iddyn nhw dynnu llun ohonoch chi'n noeth. Ac mi wn i sut i ymddiried. Sut i eistedd yn farw-lonydd â'r golau arnaf. Golau'r bore cynta' a'r gwely tu ôl i mi, y cynfasau'n flêr, yn wyn fel petalau mawr y lilis yn y jwg bridd oedd yn gefndir i'r llun. Roedd o'n brofiad dyrchafol, yn gyfriniol bron. Eistedd yno'n gwisgo dim byd ond y goleuni. Roeddwn i'n rhoi fy hun iddo ac roedd o'n golygu mwy na rhyw. Ogla'r blodau'n gynnes yn yr ystafell fechan. Roedden nhw'n rhy grand ar gyfer ystafell fel hon. Yn rhy grand mewn bwthyn llawr cerrig. Ond roedden nhw'n bwysig i'r llun, medda fo. Purdeb y lili. Doedd ganddo fo ddim arian ar ôl wedi iddo fo'u prynu nhw. Felly fi brynodd y bara Ffrengig, a'r caws a'r ffrwythau a'r siocled tywyll mewn papur coch.

'Dydw i ddim yn deilwng ohonot ti,' meddai. 'Rwyt ti'n haeddu arlunydd byd-enwog i baentio llun ohonot ti!'

Dwi'n cofio'n prydau syml ni, y siocled yn chwerw-felys a ninnau'n ei rannu'n gynnil er mwyn iddo bara'n hirach. Gadael iddo doddi'n araf ar ein tafodau. Roedd o'n dlawd bryd hynny. Rhyw damaid o arlunydd heb fawr o ddyfodol oedd yn mynd allan i drin gerddi pobol er mwyn iddo allu bwyta. Dim ond Johann oedd o. Ond fo oedd fy nghariad i. Roeddwn i wedi gwirioni amdano fo ond roedd o'n hŷn na fi o saith mlynedd ac roedd 'nhad o'i go'n lân ynglŷn â'r garwriaeth.

'Dywed rwbath wrth yr hogan 'ma, Meri! Yn gneud sôn amdani hefo'r stiwdant da-i-ddim 'na! Mi fasa'n dipyn haws siarad hefo hwnnw hefyd tasa fo'n gorfod torri'r mwng gwallt 'na sgynno fo ac yn cael ei yrru i neud diwrnod gonast o labro yn rwla!'

'Stiwdant' oedd o yng ngolwg Dad o hyd oherwydd ei wallt hir a'r ffaith nad oedd ganddo 'joban gall' ers iddo adael y coleg celf. Ac roedd y gwahaniaeth oedran hefyd yn ddraenen yn ystlys yr hen foi. Roedd Johann yn saith ar hugain a finna newydd droi'n ugain oed a blwyddyn arall o gwrs gradd i'w chwblhau.

'Disgwl i ti basio'n ditsiar mae o, er mwyn i ti'i gadw fo am weddill ei oes! Cymryd mantais. Rêl fforinar! Pam na fedrat ti gael gafael ar Gymro tua'r coleg 'na â rwbath yn ei ben o, yn lle poitsio hefo hwn!'

Cadw'n dawel fyddai Mam fel arfer nes byddai'r truth hwn drosodd a wedyn, gan roi winc fach slei i 'nghyfeiriad i, troi'r stori'n gelfydd i gyfeiriad arall, am y tro. Roedd yna ormod o ramant yn ei henaid hi iddi fy meirniadu i a 'mherthynas â Johann. Isalmaenwyr a ddaeth drosodd i Gymru ar ôl y rhyfel oedd Henri ac Anna Roi, rhieni Johann. A doedd y ffaith mai yng Nghymru y ganed Johann ei hun yn newid dim ar ragfarn fy nhad tuag ato. Rhyw edwino'n araf, naturiol wnaeth ein perthynas yn y diwedd; roeddwn i'n dod adref o'r coleg yn llai aml ac arholiadau gradd gen i i'w cymryd o ddifri'. Penderfynodd Johann yntau fynd i'r Iseldiroedd i chwilio am ei wreiddiau a chael hyd i enwogrwydd. Ac ymhen blynyddoedd daeth Johann Roi yn enw o bwys ym myd celf. 'Ti'n haeddu arlunydd byd-enwog i dy baentio di...' Ac mi ges, yn do? Dim ond nad oedd yr un o'r ddau ohonon ni'n sylweddoli hynny ar y pryd. Doedd 'na'r un enaid byw'n gwybod am y llun. Y llun ohono' i'n noeth. Wn i ddim a wnaeth o'i ddarfod o'n iawn chwaith. Welais i mo'r canfas gorffenedig. Un o ymarferion y darpar feistr! Pe gwyddai fy nhad am hwnnw mi fyddai wedi gweld ymhellach na'r 'Werddon. Ond os oedd o wedi cymryd yn erbyn Johann ers talwm oherwydd nad oedd ganddo'r un ddima' goch, faddeuodd o erioed iddo fo chwaith am wneud ei ffortiwn ar ôl i ni wahanu. Ac mi ges inna edliw hynny ganddo fo droeon pan oedd fy mhriodas i'n chwalu:

'Fasat ti ddim mewn picil fel hyn rŵan tasat ti 'di aros hefo'r artist hwnnw...'

Ia, iawn. Diolch, Dad. Fel cwpan yn y dŵr. Yr hen ddiawl iddo fo. Fuo fo erioed yn un hawdd i'w drin ond mae o'n saith gwaeth rŵan wedi i Mam farw. Yn gricmala ac yn gwyno i gyd. Mae o'n disgwyl am glun newydd yn fuan. Ac mae hynny'n golygu y bydd o'n dod yma i aros at Cit a fi i gael tendans ar ôl y llawdriniaeth. Mae meddwl am hynny'n gwneud i mi estyn am y gwin. Dwi'n tywallt llond gwydryn mawr. Mae'r label yn dweud y gwir. Blas cyrains duon siocledaidd, a hwnnw'n dwysáu wrth i'r gwin gynhesu. Dwi'n lecio cyrains duon a siocled. Dyna pam y prynais i hwn. Ei brynu i mi fy hun am nad oes gen i ddim dyn. Ac nid hunandosturi ydi siarad fel'na chwaith. Heb ddyn, dwi'n cael bod yn hunanol. A dydi o ddim yn deimlad ffôl. Bod Heb Ddyn. Heb Ddyn. Deusill. Bron yn delynegol. Unwaith mae'r ofn wedi cilio. Na, bellach does gen i ddim ofn bod Heb Ddyn. Mi fedra i drin dril a sgriwdreifar a mynd dan fonat car a thalu biliau sy'n cyrraedd mewn amlenni ffenestrog cystal ag unrhyw ddyn. Gwell na llawer un. Mi fedra i fy mhlesio fy hun. Mewn sawl ffordd. Heb Ddyn.

Llowc arall o'r gwin. Un peth ydi cael comisiwn i sgwennu nofel. Peth arall ydi cael syniad. Cynllun. Cymeriadau. Mae'n rhaid i mi ddechrau arni yn rhywle ond mae 'mhen i'n wag a dwi'n dal i deimlo braidd yn chwil ar ôl galwad ffôn Ceri. Galwad ffôn gyffrous, anhygoel, a phe na bai neb arall yn fy ffonio i am fis fydd dim ots – mi fedra i fyw am ddyddiau ar eiriau Ceri.

Ond nid felly y mae hi. Caf alwad arall cyn bo hir iawn. Ond nid gan Ceri. Galwad wahanol ydi hon. Hen alwad faleisus sy'n troi pethau'n hyll. Dydi'r ferch ddim yn rhoi'i henw. Ac mae'n atal ei rhif. Ond does dim dwywaith nad ydi hi'n mwynhau cael dweud ei dweud.

2

Noson uffernol. Mae hi wedi bod yn noson uffernol uffernol. Mae fy nicter i wedi'i dychryn hi. Dwi'n fy nychryn fy hun. Welodd hi erioed mohono i fel hyn. Dw inna erioed wedi teimlo fel hyn. Yn union fel hyn. Dydi Cit ddim wedi gwadu dim. Mae hi'n crynu o 'mlaen i fel cath fach ac mae 'nghalon i'n gwaedu drosti. Hi sydd wedi dod â hyn i gyd arni hi ei hun ond dwi'n cael fy nhynnu rhwng bod isio'i chysuro hi ac isio'i thagu hi am iddi fod mor wirion. Mor anghyfrifol. Mor ifanc.

'Pwy oedd yr hogan 'na ar y ffôn? Oedd hi'n deud y gwir? Wel, oedd hi, Catrin?'

Mae fy nefnydd o'i henw hi'n llawn yn cael yr un effaith arni â phe bawn i wedi rhoi slap iddi. Ers dyddiau'i babandod bron mae Catrin yn lle Cit wedi golygu bod Rhywbeth Mawr Yn Bod. Ac mae hyn yn Rhywbeth Mawr. Yn Ddiawledig O Fawr. A dydw i ddim yn ofnadwy o siŵr sut i ddelio â'r peth. O ganol ei dychryn a'i hansicrwydd mae yna rywbeth yn herfeiddiol yn ei hosgo sy'n fy anesmwytho.

'Dan ni mewn cariad!'

Rŵan mae hi fel petai hi newydd roi swadan i mi.

'Paid â siarad mor wirion! Wyddost ti ddim be' ydi ystyr y peth. Mewn cariad o ddiawl! Rhyw hen grysh gwirion sydd wedi drysu dy ben di...!'

'O, crysh, ia? 'Fath â gafoch chi ar y Marc 'na? Ma'

hynna mor tipical ohonoch chi, tydi, Mam? 'Dach chitha'n gwbod sut i'w pigo nhw. Pôsars mewn ceir fflash sy'n cogio'u bod nhw'n Rhywun a chitha'n methu gweld nad ydyn nhw ddim ond ar ôl un peth...'

Mae hi'n gwybod ei bod hi wedi mynd yn rhy bell. Mae'r distawrwydd mor dew nes mae o'n dechrau magu croen.

'Oes raid i ti fod yn gymaint o hen ast fach?'

Ond dydi hi ddim yn ateb. Dydi hi'n dweud dim wrtha i. Rydan ni'n dwy wedi dweud gormod eisoes. Mae hi'n troi ar ei sawdl ac yn mynd i'w stafell i bwdu tan Duw a ŵyr pryd. Dw inna'n teimlo'n fethiant llwyr fel mam. Fel popeth. Mae'r hunandosturi'n dechrau cicio i mewn hefyd oherwydd ei bod hi'n hwyr a finna wedi blino ac wedi llowcio gormod o win ar fy mhen fy hun. Dydw i ddim yn haeddu gorfod delio hefo rhywbeth fel hyn.

Roedd hi fel petai Cit wedi sylweddoli'n syth beth oedd yn bod pan gyrhaeddodd yn ei hôl. Roeddwn i'n disgwyl amdani â'r milfed cwpanaid o goffi du ers i mi gael yr alwad ffôn yn oeri o 'mlaen i. Pe bai gen i baced ffags yn y tŷ mi fyddwn i wedi ailddechrau smygu. Dwi'n dal i ysu am un. Siaradodd Cit heb symud ei gwefusau bron.

'Be' sy'?' Ei hwyneb hi'n gwelwi wrth iddi edrych arna' i. Rhyw chweched synnwyr yn ei rhybuddio hi. Cit yn gwybod. Cit yn euog.

'Nid allan hefo'r genod oeddat ti heno, naci?'

Distawrwydd.

'Naci, Cit?'

'Ia.' Cwbl dryloyw.

'Paid â 'nhrin i fel ffŵl!'

Cit yn chwarae am bob eiliad rŵan. Yn ymosodol. Paratoi i'w hamddiffyn ei hun.

'Os ydach chi'n gwbod, pam 'dach chi'n gofyn?' Fel pe bai hi'n trio codi mwy ar fy ngwrychyn i. Yn benderfynol o herio.

'Oherwydd bod y ffordd y ces i wybod yn rhywbeth ffiaidd ynddo'i hun. Galwad ffôn sbeitlyd a'r ferch 'ma'n gwrthod rhoi'i henw. Ond mae hi'n dy nabod di'n dda iawn, ddywedwn i, ac mi gafodd fodd i fyw heno yn deud wrtha i dy fod ti'n cael affêr hefo athro yn yr ysgol!'

Roedd arna' i isio i'r cyfan fod yn gelwydd. Celwydd maleisus. Rhywun â'i chyllell yn Cit. Mi fedrwn i fyw hefo hynny. Mi fedrwn i ddeall hynny'n digwydd. Ond nid celwydd mohono. Doedd dim rhaid iddi gyfaddef. Roedd yr olwg ar ei hwyneb hi'n ddigon.

Cha' i ddim mwy ganddi heno. Cha' i wybod dim. Mae hi wedi codi'r muriau. Gall fod fel hyn am ddyddiau. Mae hi'n bencampwraig ar bwdu. Tynnu ar ôl ei thad. Mynd yn ful rhag gorfod esbonio pethau. Ond fydd mulo ddim yn ddigon i'w chael hi allan o'r twll yma. Dydw i ddim yn mynd i chwarae'i gêm hi y tro hwn.

Dwi'n paratoi potel ddŵr poeth i fynd hefo fi i 'ngwely. Nid oherwydd oerfel. Mae arna' i angen y cysur. Wna i ddim byd ond troi a throsi a phoeni am fory a 'ngorfodi fy hun i feddwl am yr hyn y bydd yn rhaid i mi'i wneud fel rhiant cyfrifol. A chyn diffodd y golau dwi'n gwneud rhywbeth na wnes i erioed o'r blaen. Dwi'n tynnu plwg bach y ffôn yn rhydd o'r wal. Rhag ofn.

3

Bore Llun glawog tywyll. Dwi'n ffonio Ysgol y Bryn i ddweud 'mod i wedi cael bỳg. Teimlo'n gas wrth orfod gwneud. Cael ymateb digon swta ac anghydymdeimladol o'r pen arall sy'n gwneud i mi deimlo'n waeth fyth. Mi fydd yn rhaid iddyn nhw gael athrawes lanw arall rŵan ar fyr rybudd, dyna'r cyfan, meddai'r dirprwy'n sych mewn llais-wnawn-ni-mo'ch-ffonio-chi-eto-ar-frys.

Dydi Cit ddim wedi llawn sylweddoli beth sydd ar droed. Dwi'n barod o'i blaen hi. Siwt dywyll. Clustdlysau call. Goriadau'r car yn fy llaw i. Does dim golwg ei bod hithau'n bwriadu bwyta brecwast chwaith.

'Wyt ti'n barod, ta?'

'Be' ...?' Ac mae hi'n deall. Nid dal y bws fydd hi fel arfer. Mae rhyw banig sydyn yn meddiannu'i llais hi.

'Na. 'Dach chi 'rioed yn...!'

Dwi'n torri ar ei thraws hi. I ddangos mai gen i mae'r llaw ucha'. Ond dydw i ddim yn cael unrhyw bleser o'i dychryn hi.

'Jyst cer i'r car, Cit.'

Mae hi'n edrych yn fach yn ei gwisg ysgol. Yn fach ac yn ifanc. Mae lliw bron yn naturiol ar ei gwallt hi'r bore 'ma. Dwi'n diolch i Dduw yn ddistaw bach. Mi fyddai'r lliw riwbob uffernol hwnnw wedi bod yn ormod i mi heddiw ar ben pob dim.

Mae'r daith i'r ysgol yn erchyll. Dydan ni ddim yn

siarad. Dwi'n gyrru heibio i iard y bysus ac i'r fynedfa ffrynt lle mae ymwelwyr a staff yn parcio. Dydw i ddim yn cael dim ymateb i hyn gan Cit ond mae'r rhyddhad ar ei hwyneb hi'n amlwg. Mi fedrwn i feichio crio. Nid codi cywilydd arni ydi 'mwriad i. Ond mae arna' i angen cyhuddo rhywun, gweld bai ar rywun arall am y llanast 'ma. Dydw i ddim isio iddo fo fod yn fai Cit i gyd. Dwi isio'i hamddiffyn hi. Dwi isio cyfiawnder. Amdani hi dwi'n poeni er ei bod hi'n edrych arna' i rŵan fel pe bai hi am dynnu fy llygaid i.

'Dydi'r Prifathro ddim yma heddiw. Ond os leciech chi gael gair hefo Mrs Lisabeth Lewis...'

Mae'n rhaid i mi fodloni ar Lisi Lew. Hi sy'n gyfrifol am y gwasanaeth boreol heddiw felly mae'n rhaid i mi ddisgwyl. Trwy drugaredd mae'r ysgrifenyddes yn ein harwain ni i ryw fath o gyntedd bach preifat tu allan i stafelloedd y Prifathro a'r dirprwyon, o olwg pawb. Mae yna gadeiriau lled gyffforddus, carped ar y llawr a phlanhigyn. Pe bai yma gopïau tair oed o *Country Life* a bocs Lego yn y gornel mi fyddai hi fel stafell aros y deintydd. Dwi'n casáu mynd at y deintydd, ond mi fyddai'n well gen i fynd am lond ceg o lenwadau na bod yn y fan hyn rŵan. Mae llais Lisi Lew yn cario oddi ar y llwyfan ond rhywsut dydi'r geiriau ddim yn ein cyrraedd ni. Wedyn daw sŵn plant, sŵn symud. Traed. Cadeiriau. Mi ddaw hi aton ni gyda hyn. Dydi hi ddim wedi cael unrhyw rybudd. Doeddwn i ddim wedi trefnu apwyntiad i weld neb. Dim ond landio. Byrbwyll. Anhrefnus. Fel mae'r fam y bydd y ferch. Mi edrychith Lisi Lew i lawr ei thrwyn hir a'n beirniadu ni'n dwy...

'A, Mrs Wyn. Bore da. Dowch drwodd i'r swyddfa...'

Mae hi wedi hwylio'n syth i mewn i fy meddyliau i cyn i mi lawn sylweddoli'i bod hi yno. Mae ganddi fantais yn barod: mae hi'n sefyll a finna'n eistedd, yn cael fy ngorfodi i edrych i fyny arni. Gwên gardbord fel Margaret Thatcher a'i gwallt yr un mor anhyblyg. Mae golwg hen ast arni ac mae wyneb Cit fel masg, fel petai hi'n ei gorfodi'i hun i fod yn ddifynegiant. Yn ddelw ohoni hi ei hun. Fel petai hi'n credu y bydd pethau'n brifo llai arni os cymrith hi arni nad oes ganddi deimladau. O, Cit. Pam ydw i'n gwneud hyn i ti? Pam ydw i'n mynnu dy roi di drwy hyn? Dwi'n dechrau fy meio fy hun oherwydd bod hynny'n haws.

Mae Lisi Lew'n mynnu fy ngalw i'n 'Mrs' yn lle 'Ms'. Fel arfer mi fyddwn i wedi'i chywiro hi ond rhywsut dydi pethau felly ddim mor bwysig rŵan pan fo'r hyn sydd gen i i'w ddweud go iawn yn sownd yn fy llwnc i. Dydi'r wyneb-rasal-wash-an-set 'ma mo'r enaid hoff cytûn yr oeddwn i wedi gobeithio y byddai hi chwaith. Nid fy merch i fydd yn ennyn cydymdeimlad hon. Mae tyndra'r sefyllfa'n dechrau fy meddiannu, yn gwneud i mi graffu ar bethau, yn gwthio lliwiau i'm llygaid i. Wyneb gwyn Cit. Lipstic coch Lisi Lew. Dwi fel petawn i wedi fy nal mewn golygfa yng nghanol rhyw bantomeim erchyll a bod yna oriau a rhagor nes daw'r llen i lawr. Dwi'n dechrau siarad. Dweud pethau. Clywed llais rhywun yn rowlio oddi ar ei gledrau ac yn sylweddoli mai f'un i ydi o. Ac yna mae Lisi Lew'n gofyn:

'Ydach chi'n sylweddoli, Mrs Wyn, pa mor ddifrifol ydi'r cyhuddiad 'ma? Mae Mr Dylan Lloyd yn athro

Dwi'n sibrwd bron. Siarad yn dyner. Dal i anwesu'i gwallt hi. Dal i'w chysuro. Ond mae'n rhaid i mi ofyn. Mae'n rhaid i mi gael gwybod.

'Ma' Dylan yn cymryd un wers yr wythnos...' Dylan. Ma' Dylan. Nid 'Mae o'. Mae arni angen dweud ei enw fo. O, Cit. ' ...mae o'n dechrau dysgu rhywfaint o Saesneg rŵan...'

'Athro newydd ydi o? Chlywish i mohonot ti'n sôn amdano fo o'r blaen...' A rŵan dwi'n deall pam.

'Mae o yna ers rhyw flwyddyn. Arlunio oedd o'n ei ddysgu i ddechrau, ar ôl i Anwen Art adael i gael babi...'

Mae hynny'n esbonio pam nad ydw i wedi dod ar ei draws o o'r blaen. Dydi Cit ddim wedi gwneud Celf ers pan oedd hi'n dair ar ddeg. Fedar hi ddim tynnu llun i achub ei bywyd.

'Mi wneith o ffonio... gewch chi weld... pan ffendith o be' sy' wedi digwydd...'

Fedra i ddim credu 'nghlustiau. Mae hi'n edrych i fyw fy llygaid i. Mae'i llygaid hi ei hun yn pefrio hefo rhyw optimistiaeth ffôl na fedra i mo'i annog, ond eto, os dyweda i unrhyw beth yn groes iddi, mi godith hi'r muriau unwaith yn rhagor. Dwi ddim isio i hynny ddigwydd am unrhyw bris yn y byd.

'Cit... 'y nghariad bach i... ma' gynno fo wraig...'

Mae hi'n sbio arna' i gyda pheth tosturi.

'Mam, ma' petha drosodd rhyngddyn nhw. Mae Dylan wedi deud wrtha i. Maen nhw'n mynd i wahanu.'

'Ond, Cit...'

'Mae o wedi bod yn gwbwl onest hefo fi, Mam...'

Mae hi'n anos fyth i mi ddal fy nhafod rŵan. Dydi neidio i ben y caets ddim yn mynd i wneud unrhyw cyfrifol a chydwybodol ac mi fyddai celwydd fel hyn yn ddigon i ddinistrio'i yrfa o...!'

Yn troi at Cit:

"Dach chi ddim yn meddwl ei bod hi'n hen bryd i ni roi terfyn ar y lol yma, Catrin, cyn i bethau fynd dros ben llestri?' Ac yna gostwng ei llais yn y fath fodd fel bod ei hymgais i siarad yn garedicach yn swnio'n debycach i chwythiad rhyw hen neidar biwis. "Dan ni i gyd yn gwbod sut beth ydi cael crysh ar rywun...'

Mae meddwl am Lisi Lew yn cael crysh ar neb yn llacio mymryn ar y cwlwm yn fy stumog i. Mewn sefyllfa lai erchyll mi fyddwn i'n chwerthin. Ond mae hon yn sefyllfa erchyll. Abswrd ac afreal. Crysh. Bad mŵf, Lisi. Mae hi fel petai clywed y gair 'crysh' wedi sgytio fy merch o'i pharlys. Crysh. Dwy weiren yn cyffwrdd yn ei hymennydd. Mewn eiliadau rŵan, mi ddaw yna ddau ddotyn bach pinc i ganol ei bochau hi a fydd yna ddim dal ar yr hyn ddywedith hi os bydd Lisi'n dal arni. Paid â'i ddweud o eto, Lisi Lew. Paid â'i gwthio hi...

'Crysh gwirion, Catrin! Dyna'r cyfan ydi o...!'

Dyna hi rŵan. Cachu hwch o bethau.

'Naci, tad! Cariad ydi o! Cariad go iawn. Sgynnoch chi ddim syniad sut dwi'n teimlo... sut mae Dylan yn teimlo... Dim ond am nad oes gynnoch chi deimladau eich hun...'

Pwylla, Cit. Mae 'ngheg i'n agor, i drio ymyrryd, ond does dim yn dod allan. Dwi'n dynwared pysgodyn aur, ac fel pysgodyn aur mae fy ymennydd innau'n cau i lawr bob tri eiliad. Mae ceg Lisi Lew fel hollt bach gwaedlyd. Ac mae'r smotiau pinc ar fochau Cit yn tyfu, tyfu nes bod ei hwyneb hi'n binc i gyd. Cachu dwy hwch...

22

'Catrin, dwi'n siŵr bod hyn yn anodd iawn i chi...'
Ymdrech wrol eto ar ran Lisi i gadw'i limpyn, i gadw'i
llais yn wastad. Mae hi bron, bron yn swnio'n glên. '... A
dwi'n siŵr eich bod chi'n credu nad oes 'na neb yn y byd
yn dallt sut ydach chi'n teimlo...' Mae'n rhaid i mi
edmygu'i dyfalbarhad hi. Ond mae Cit yn fwy pengaled
fyth.

'Ma' Dylan yn dallt! Gofynnwch iddo fo! Ewch i'w nôl
o, ac mi ddeudith o wrthach chi. 'Dan ni o ddifri'. Mae
o'n mynd i adael ei wraig er mwyn cael bod hefo fi...'

Ei wraig? Dwi'n cael pwl sydyn o bendro. Mae'r boi
'ma'n briod. Edrycha Lisi Lew fel petai hi wedi rhoi'r
gorau i anadlu. Ac yna, yn y distawrwydd trydanol, daw
dagrau Cit yn genlli bach budr drwy'r masgara du mae hi
wedi mentro'i wisgo heddiw er gwaetha' popeth. Dagrau
diffuant. Dydi Cit ddim yn crio o flaen neb ar chwarae
bach. Mae hi'n anodd i'w thrin yn aml, yn bengaled. Mae
hi'n gallu llofruddio cystrawennau a phwdu am
ddyddiau. Mae'i thu mewn hi'n gwch gwenyn o
weithgarwch hormonaidd. Dydi hi ddim yn berffaith.
Ond dydi hi ddim yn gelwyddog chwaith. I'r
gwrthwyneb. Mi fedr fod yn rhy onest weithiau a chreu
trafferthion iddi hi ei hun yn lle dibynnu ar dipyn o
gelwydd golau i arbed helynt. Heddiw mae Cit yn dweud
y gwir. Dwi isio dilyn fy ngreddf. Gafael amdani. Dangos
rŵan 'mod i'n ei chredu hi. A dwi'n estyn am ei llaw hi.
Ond dydi hi ddim yn ymateb. Mae hi'n igian yn swnllyd
a dwi'n ymbalfalu yn fy mag i chwilio am hances bapur
iddi. Mae gan Lisi Lew focs Kleenex ar ei desg ond dydi
hi ddim yn mynd i gynnig un i Cit. Mae hithau'n dangos
ei hochr hefyd, ac mae hynny'n codi 'ngwrychyn i.

''Dach chi'n deud bod y Dylan Lloyd 'ma'n athro cyfrifol? Cyfrifol, ddeudoch chi? Dydi athrawon cyfrifol ddim yn cymryd mantais ar enethod ysgol, Mrs Lewis!'

'Na... Mam! Wnaeth o ddim...!'

Llygaid Lisi Lew yn goleuo dreigiau.

'O! Rŵan 'dan ni'n cael y gwir! Celwydd ydi o, felly. Yntê, Catrin? Dowch, waeth i chi gyfaddef ddim...'

'Naci!' Yn ei rhwystredigaeth mae Cit yn ailddechrau c'nadu. 'Nid dyna oeddwn i'n ei feddwl! Nid... nid cymryd mantais wnaeth o... mi oeddwn i isio. Mi oeddan ni'n dau isio. Mi ydan ni o ddifri'... Gofynnwch iddo fo! Gofynnwch iddo fo...'

Mae llais Cit yn codi a chodi, yn ymylu ar hysteria.

'Mrs Wyn – mae'n rhaid i Catrin drio ymddwyn yn fwy rhesymol...'

Ymddwyn yn rhesymol. Fel y gwnaeth y bastad Dylan Lloyd 'ma wrth wneud ll'gada llo ar Cit ar draws y dosbarth, ia? Dyna sydd arna i isio'i ofyn go iawn. Doedd ei ymddygiad o ddim yn rhesymol, nag oedd? Fo oedd i fod i ymatal. I wybod yn well. Fo oedd yr athro. Y dyn priod. Mae'r cyfan yn dechrau codi pwys arna' i. Dwi'n codi o fy nghadair rŵan ac yn penlinio wrth ymyl Cit. Gafael amdani. Gwasgu'i llaw hi. Dydi hi ddim yn tynnu oddi wrtha' i rŵan. Ac er ei bod hi wedi sylweddoli bellach bod cweirio Dylan Lloyd yn uchel iawn ar restr fy mlaenoriaethau i ar hyn o bryd, mae hi hefyd yn gwybod 'mod i'n ei chredu hi. Sy'n fwy nag y mae Lisi Lew'n ei wneud.

'Dwi'n credu mai'r peth gorau i Catrin ei wneud ydi mynd yn ei hôl adra hefo chi – cymryd ychydig ddyddiau i feddwl yn ofalus ynglŷn â...'

'Mae fy merch i'n deud y gwir, Mrs Lewis!'

Bron na fedrwn i dynnu pen fy mys ar hyd y distawrwydd, a'i godi fel llwch. Dydi Lisi Lew ddim wedi ystyried am eiliad bod Cit yn dweud y gwir. Dydi hi ddim wedi meddwl go iawn fy mod innau'n ddigon gwirion i'w chredu hi chwaith, er mai fi ydi'i mam hi. Mae'i mudandod hi'n rhoi hyder i mi.

'Erbyn meddwl, Mrs Lewis, oni ddylen ni wneud fel mae Cit yn awgrymu, a gofyn i Dylan Lloyd ei hun…?'

Mae Cit yn tynhau'i gafael yn fy llaw i. Mae wyneb Lisi Lew wedi mynd o binc i wyn. Gwyn cyn wynned â bochau Cit.

'Mae arna' i ofn bod hynny'n amhosib, Mrs Wyn…'

'Ylwch, Mrs Lewis, fedrwch chi ddim cadw ar y dyn 'ma fel hyn. Mi fuon nhw hefo'i gilydd. Mae Cit yn deud y gwir. Ac mae yna rywun wedi eu gweld nhw…'

Mae hyn yn rhoi ysgytwad i Lisi. Tystion. Pobol wedi eu gweld. Mae yna anesmwythyd yn ei llygaid hi rŵan. Efallai ei bod hi newydd sylweddoli bod enw da un o athrawon y lle 'ma yn y fantol. Efallai ei bod hi'n dechrau amau Dylan Lloyd wedi'r cwbwl. Swnia fymryn llai ymosodol.

'Dydw i ddim yn cadw ar neb, Mrs Wyn. Trio cael y ffeithiau'n glir ydw i. Mae Catrin yn honni ei bod hi a Mr Dylan Lloyd yn cael perthynas. 'Dach chitha'n deud bod rhywun wedi eu gweld nhw hefo'i gilydd?'

'Galwad ffôn ddienw, Mrs Lewis. Ffordd ffiaidd iawn o roi gwybodaeth i rywun.'

Mwy o ddistawrwydd. Mwy o anesmwythyd. Mwy o snwffian crio o gyfeiriad Cit.

'Faswn i ddim yn lecio rhoi gormod o goel ar alwad

faleisus. Ond fedra i ddim holi Mr Lloyd heddiw am unrhyw beth, mae arna' i ofn, am y rheswm syml nad ydi o yn yr ysgol heddiw.'

Cit yn codi'i llygaid yn bryderus. Mae'i hiraeth hi amdano'n boenus o amlwg. Cit dlawd. Mae Lisi'n siarad eto.

'Dydi'r Prifathro ddim yma heddiw chwaith, yn anffodus. Ac mi fydd yn rhaid i rywbeth fel hyn fod yn fater iddo fo bellach...'

Blydi dynion. Byth o gwmpas pan ydach chi eu hangen nhw. Ac mae'r Lisi Lew 'ma'n hen bitsh hefyd, yn dal i roi'r argraff ei bod hi'n meddwl bod Cit yn eu palu nhw...

'Dwi'n dal i feddwl y dylech chi gadw Catrin adra o'r ysgol am dipyn, Mrs Wyn. Nes bod y Prifathro wedi cael gair hefo Mr Lloyd...'

Mae dan fy ngheseiliau i'n laddar o chwys. Mae 'ngheg i fel gwadan mul. Fy mhennaglinia i'n ddŵr oer. Duw'n unig a ŵyr sut mae Cit yn teimlo. Ond yn sydyn, ddirybudd, mae Cit yn rhoi rhyw ebychiad truenus ac yn dechrau ymbil ar Lisi Lew:

'O, plîs, peidiwch â gadael iddo fo fod mewn trwbwl – peidiwch â rhoi'r sac iddo fo...!'

'Cit! Bydd ddistaw...!'

Mae hi'n gwneud pethau'n waeth, yn gwneud iddi hi ei hun swnio fel rhyw Lolita ddigywilydd â'r bai i gyd arni hi am gwymp Dylan Lloyd. Try ata' i a sbio arna' i'n gam am ei cheryddu. Dydi hi ddim yn deall mai yn ei chornel hi ydw i. Mae'i hanaeddfedrwydd hi'n mynnu ei baglu o hyd.

Dwi isio mynd adra o'r lle 'ma. Isio mynd â Cit o 'ma. Isio smôc.

★ ★ ★

Cyrraedd adra a'r tŷ wedi oeri. Ailgynnau'r gwres canolog er mwyn cael rhywfaint o gysur. Cit yn diflannu i'w stafell. Ymhen eiliadau mae yna gân serch bruddglwyfus yn cael ei gwasgu o'r peiriant CD. Mae'r drws caeedig yn arwydd diamwys ddigon nad rŵan ydi'r adeg i drafod dim.

Mynd drwodd i weld a oes neges ar beiriant ateb y ffôn gan fy mod i wedi rhoi'r plwg yn ôl yn y wal cyn gadael y tŷ y bore 'ma. Oes, mae 'na un. Ar ôl profiad nos Sadwrn dwi'n nerfus. Ond fyddai galwr dienw ddim yn gadael neges ar beiriant, na fyddai? Dwi'n pwyso'r botwm. Dad sy' 'na. Yn siarad 'run fath â dâlec. 'Y... ym... y... neges i Mared Wyn. Fi sy' ma. Dy dad...'

Mae'n gas ganddo fo'r peiriant ateb. Mae atal dweud mawr yn ei daro fo ac mae o'n tuchan yn ansicr rhwng pob gair fel tae o wedi rhwymo. ' ...ym... hych... hym... newydd glywed gan yr hosbital... cansylêshon... ym... cael *hip* newydd dydd Mercher... hych... hym... da, te? Ym... neges drosodd. Diolch yn fawr...' Yn gleniach hefo'r peiriant ateb nag y bydd o byth hefo fi. Diolch yn fawr, o ddiawl. Ia, diolch i chitha hefyd, Dad. Blydi amseru grêt. Mi oedd yn rhaid i hyn ddigwydd rŵan, yn doedd? Ar ben bob dim. Ac yna, am eiliad, dwi'n cael pangfeydd o euogrwydd am feddwl y ffasiwn beth. Ond dim ond am eiliad. Mi ddylwn i lawenhau bod yr ysbyty wedi dewis dod â 'nhad i flaen y ciw er mwyn rhoi clun newydd iddo fo. Ond ar hyn o bryd dwi'n ei chael hi'n anodd rhannu'r gorfoledd. Yn ei chael hi'n anodd bod yn gwbwl anhunanol. Dwi'n meddwl yn hytrach am ymweliadau cyson â'r ysbyty. Dwi'n meddwl am wedyn. Dad â'i droed i fyny yn disgwyl ei dendans fel y Brenin Ffarŵc. Cit hefo croen ei thin ar ei thalcen a finna... A finna, Dduw Mawr, yng nghanol hyn i gyd yn trio sgwennu nofel...

Wrth feddwl am y nofel dwi'n cofio am Ceri. Y pryd bwyd heno i ddathlu'r comisiwn 'ma. Mae hynny'n amhosib rŵan. Y peth ola' ar fy meddwl i ar hyn o bryd ydi dathlu. A sgwennu. A phopeth arall. Wn i ddim beth i'w wneud nesa'. Felly dwi'n codi'r ffôn.

'Ceri, gwranda. Ynglŷn â heno...'

Mae o'n dallt. 'Dan ni'n hen ffrindiau. Gŵyr bod 'na rywbeth. Ond dydi o ddim yn holi. Mae clywed ei lais o'n gwneud i mi fod isio crio, dim ond am ei fod o'n swnio mor glên. Yn swnio'n gymaint o ffrind. Dwi isio ymddiried ynddo fo. Siarad. Cael gwared â'r baich. Ond fedra i ddim. Eto. Nid cyn siarad hefo Cit.

★ ★ ★

Mae drws ei hystafell yn gilagored. Y gerddoriaeth wedi peidio. Ydi hyn yn wahoddiad i mi ymyrryd? Dwi'n hofran yn ansicr ar y landin, yn oedi yn sŵn fy anadlu fy hun. Yn teimlo bron yn nerfus ac yn sylweddoli bod hynny'n fy nychryn i. Mae fy merch i fy hun yn ymylu ar fod yn ddieithryn.

'Cit?' Dwi'n barod i wneud ymdrech. I frwydro'n erbyn y dicter tu mewn i mi. Ond dydi hynny ddim yn anodd pan welaf ei hwyneb hi. Wyneb bach gwelw. Dwi'n gweld ddoe ynddo fo, yn yr ên fach grynedig.

28

Codwm oddi ar feic. Crio ar ôl ei thad. Cnebrwn Nain. Hi a fi drwy'r cwbwl. Does wiw i mi'i cholli hi...

'Cit, ga' i ddod i mewn...?'

Ansicr. Ein dwy. Cwffio'r chwithdod. Rhyw sgrytian ei hysgwyddau mae hi rŵan. Cit fel erioed. Ffugio difaterwch tra bod holl dyndra'i chorff bach main yn gweiddi am gysur. Mae fy nhymer wyllt i'n toddi'n ddim. Fi ydi'r un ddylai wybod yn well. Ddylai wybod nad gêm o bwdu ydi hon bellach. Fi ydi'r fam.

'Ty'd yma, Citi fach...'

Mae ogla plentyn ar ei chroen hi o hyd, melys a chynnes, ac wrth iddi feichio crio mae sŵn ei phoen hi'n gyllyll bach yn fy mherfedd i, yn fy mrifo innau hefyd. Yn fy nghlymu wrthi...

'O, Cit, be' wnaeth o i ti, dywed...?'

'Dwi'n ei garu o, Mam.' Rhwng igiadau.

A dwi'n dweud dim byd. Wrth gwrs ei bod hi. Peth felly ydi'r diawl peth. Petha' felly ydi dynion. Ac mae 'na ddyn wedi gwneud hyn i Cit. Wedi gwthio'i lun i'w phen hi nes ei bod hi'n ei weld o ddydd a nos. Wedi gwneud iddi ddyheu amdano fo ar draul popeth arall. Wedi drysu'i phen hi a dwyn ei chalon hi a pheri iddi fethu bwyta briwsionyn. Wedi gwneud iddi ddiodda. Wrth gwrs ei bod hi'n ei garu o.

Mae'i dagrau hi'n tampio'r cudynnau gwallt sydd wedi disgyn ar draws ei hwyneb hi. Nid rŵan ydi'r amser i ddechrau dweud wrthi am anghofio Dylan Lloyd. Dylan Lloyd. Dwi'n sylweddoli nad ydw i'n gwybod dim amdano fo.

'Mi oeddwn i'n meddwl mai Ann Bevan oedd yn dysgu Saesneg i chi...'

ddaioni i'r un o'r ddwy ohonon ni. Dwi'n meddwl bod Cit yn sylweddoli hynny. O'r ffordd y mae hi'n edrych arna' i'n sydyn. Yn brathu'i gwefus isa'. Yn troi'i phen oddi wrtha i yr un mor sydyn. Fel petai hi'n poeni ei bod hi wedi dal fy llygaid i'n rhy hir. Y pellter 'na eto. Yr ofn fy mod i'n ei beirniadu hi. Doedd pethau ddim yn arfer bod fel hyn. Dydi hi ddim yn edrych arna' i o gwbl rŵan ond mae hi'n dechrau siarad. Yn darllen fy meddwl i. Mentro gwên geiniog-a-dima. Crynhoi un o wirioneddau mawr bywyd heb geisio.

'Pam ma' rhywbeth mor braf yn brifo cymaint?' Di-droi'n-ôl. Fydd hi byth yn blentyn eto.

Fedra' i mo'i hamddiffyn hi rhag y poenau i gyd. Rhag yr hergwd sydyn, hyll 'na sy'n ein hatgoffa ni i gyd yn ein tro nad ydi bywyd go iawn yn darllen fel stori serch. Fedra' i mo'i lapio hi mewn papur sidan. Mi fyddai hynny'n rhy greulon. Creulonach efallai na'i gwylio hi'n dioddef rŵan. Ond mi fyddai hi'n llawer haws i minnau wrth drio cynnal ei breichiau hi drwy'r holl angst 'ma pe bai hi'n mynd drwy hyn i gyd oherwydd bachgen ysgol o'r un oed â hi. Mi fedrwn i faddau i hogyn deunaw oed am dorri'i chalon hi. Ond athro ysgol anaeddfed, anghyfrifol sydd ddim yn cael ei damaid adra? Sut fedrai o? Iesu Gwyn, mae ganddi hi dedi bêrs ar ei gwely o hyd. Ambell hen ffefryn o ddol hefyd ar ei silffoedd hi...

Mae'r cyfan fel llynedd. Fel ddoe. Y cyfnod chwarae hefo doliau. Roedd Cit yn gonfensiynol iawn yn ei chwarae. Yn fenywaidd, fwyn. Coits fach a babi dol a llestri te. Hynny a'r bocs 'dillad-cogio', wrth gwrs. 'Dillad-cogio' oedd enw Cit ar yr amrywiaeth o ffrogiau a hetiau oedd ganddi yn ei bocs o wisgoedd-chwarae ers pan oedd hi'n ddim o beth. Roedd ambell wisg wedi'i phrynu'n bwrpasol – ffrog nyrs a chês o boteli-moddion plastig, het dyn tân, plu Indiad Coch, ond roedd y rhan fwyaf o gynnwys y bocs yn hen hetiau capel ei nain, neu fwclis a sgidia' wedi eu benthyg am byth o 'nghypyrddau i. Dillad-cogio. Fel y bwyd-cogio oedd yn datws a moron plastig ac yn becynnau bach o greision ŷd llai eu maint na blychau matsys. Dillad-cogio-bod-yn-rhywun-arall. Sodlau uchel a cholur er mwyn iddi fedru actio rhywun diarth, hŷn o lawer na hi ei hun. Wrth edrych o gwmpas ei hystafell hi rŵan ar y potiau bach o golur ar ei bwrdd gwydr hi a'r dillad nos Sadwrn sy'n sgrechiadau lliwgar yn nrws agored y wardrob orlawn, dwi'n amau a oes 'na fawr iawn wedi newid mewn gwirionedd. Ond fy nhwyllo fy hun ydw i, go iawn. Wrth gwrs bod pethau wedi newid. Roedd hi'n haws ers talwm. Ers talwm byddai pob cymeriad yn diflannu ar ddiwedd y chwarae, yn cael ei stwffio'n ôl i waelod y bocs hefo'r wisg.

'Mam?'

Doedd gen i ddim ateb i'w chwestiwn hi gynnau. Mae hi'n herio fy nhawedogrwydd i, yn fy hudo'n dyner ag ychydig eiriau, fel hudo cath at soser.

'Be', cyw?'

''Dach chi wedi mynd yn ddistaw.'

Mae o'n gysur i mi nad ydi hi ddim am i ni beidio siarad. Nad ydi hithau ddim am i'r muriau ail godi. Dwi'n teimlo fy wyneb yn ffurfio gwên ddigymell, ac yn gweld cyhyrau'i hwyneb hithau'n ymateb drwy ymlacio rhyw gymaint. Newid bach ydi o. Rhywbeth dwi'n ei deimlo yn hytrach na'i weld go iawn. Fel pwyth yn llacio uwch ben ei llygaid hi.

'Meddwl oeddwn i.'

'Am be'?'

'Amdanat ti. A'r hen focs dillad-cogio hwnnw ers talwm.'

'O?' Mae hi'n gwenu heb ddeall fy nheithi meddwl i'n llwyr. Fedra' i mo'i beio hi am hynny. Hyd yn oed i mi fy hun, mae'r hyn sy'n mynd ymlaen yn fy mhen i'n ddirgelwch yn aml. 'Be' wnaeth i chi gofio am hwnnw rŵan?'

'Wn i ddim.' A dwi'n chwilio am ateb arall iddi am nad ydi hiraethu ar ôl ei phlentyndod hi ddim yn mynd i helpu'r un ohonon ni. 'Y stafell 'ma, ella. Pentyrrau o ddillad yn cael eu gadael ar lawr a chditha'n disgwyl i'r tylwyth teg ddod i glirio ar d'ôl di...!'

Mae'r hanner-cerydd yn dod â rhyw lun o normalrwydd yn ôl i'r sgwrs. Ond mae'i meddwl hithau'n dychwelyd at y bocs dillad. Mae hi'n syllu allan o'i blaen wrth siarad, ar bledren wan o awyr sy'n bolio'n ansicr.

"Dach chi'n cofio fel byddwn i'n dwyn eich sgidia-sodla' chi...?'

Mae 'na flewyn o olau newydd yn hollti trwy'r cymylau glaw fel weiren gaws. Golau gwlithog, tryloyw. Yn lledu'r hollt. Ein cyrraedd ni. Cyrraedd Cit. Ei chyffwrdd fel atgof ac mae hi'n chwerthin. Cit mor hardd.

'Mi fydd petha'n iawn, Cit. Gei di weld...'

A'r chwerthin yn diflannu mor sydyn ag y daeth o. I hollt rhwng y cymylau yn ei llygaid hi. Dydi dweud y bydd pethau'n iawn ddim yn golygu'r un peth iddi hi ag ydi o i mi, nac'di? Dwi'n meddwl, yn y bôn, ei bod hithau'n sylweddoli hynny. Ond mae hi'n sylweddoli hefyd 'mod i yma iddi. Er gwaetha'. Drwy'r gwaetha'. Dwi'n meddwl yn sydyn am fy mam fy hun, yn gwasgu'i llun o fy llygaid yr un mor sydyn rhag ofn i mi grio. Dwi'n meddwl tybed beth fyddai hi wedi'i wneud, wedi'i ddweud. Ac mae hynny'n gwneud i mi estyn am Cit. Cydio yn ei llaw hi.

'Panad?'

Nid y te sy'n bwysig. Dydan ni ddim wedi bod mor gytûn ers tro. Yn gymaint o ffrindiau. Mae yna chwithdod rhyngon ni o hyd. Ond nid dieithrwch ydi o bellach. Chwithdod sy'n dod o fod yn rhy agos ydi o a dydi hwnnw ddim yn ein dychryn ni. Mi ydan ni'n twymo'n dwylo ar ymdrechion ein gilydd. Yn cydganu grwndi â'r tegell ei hun. Estyn cwpanau. Llwyau. Llefrith. Mi wna' i. Na, 'stedda. Plîs... gadewch i mi wneud...

Mae hi'n gwybod na fedra' i ddim rhoi sêl fy mendith ar yr hyn y mae hi'n dyheu amdano. Mae hi hefyd yn gwybod 'mod i'n ei charu hi. Yn ddiamod. Ni waeth beth wneith hi yn y pen draw.

Mae hynny cyn sicred â 'mod innau'n gwybod na fydd ganddi hithau awydd byth eto i ddwyn fy sgidia' i chwaith.

4

Diwrnod sydd wedi mynd heibio. Dim ond diwrnod. Dim ond ddoe oedd hi. Ond mae oesoedd ers ddoe. Ers swyddfa Lisi Lew a'r cyhuddo a'r c'nadu.

Mae Cit yn hanner-byw yn yr un ystafell â'r ffôn.

★　★　★

Dau ddiwrnod. Dim byd. Dydi o ddim yn ei ffonio hi. Wrth gwrs nad ydi o. Cit yn bwyta llai. Doeddwn i ddim wedi meddwl y byddai hynny'n bosib.

★　★　★

Tridiau.

Mae hi fel pe na bai'r tŷ 'ma'n ddigon mawr i'r ddwy ohonon ni. Mae Cit fel ysbryd yn crwydro o stafell i stafell. Ac mae heddiw mor anarferol o wanwynol. Diwrnod o haul, yn gwthio'i wahoddiad yn erbyn y ffenestri.

'Ti isio dŵad allan am dro?' Mae arna' i angen cerdded. Anadlu. Clirio 'mhen.

'Na, dim diolch.' Codi'i phen. Synhwyro f'anniddigrwydd i. Mae hi'n euog-ymddiheurol. 'Sori...'

'Ma' hi mor braf allan... ella basa dipyn o awyr iach yn gneud lles...'

'Na, wir. Ond ewch chi os 'dach chi isio...'

35

Ac mae hi'n sylwi arna' i'n cloffi rhwng dau feddwl. Yn gwybod pam.

'Mi fedrwch chi 'nhrystio i ar fy mhen fy hun, 'dach chi'n gwbod. Wna i mo'i ffonio fo tu ôl i'ch cefn chi'r munud ewch chi allan...'

'Cit bach, ti wedi trio gneud hynny'n barod, debyg, a chditha hefo dy fobeil dy hun...?'

Mae hi'n gwrido'n sydyn, yn gwneud i minnau deimlo'r un mor anghysurus. Mor euog â phe bawn i wedi clustfeinio ar sgwrs rhyngddyn nhw.

'Doedd o ddim yn ateb, beth bynnag.' Mae hi'n edrych arna' i. Llynnoedd o lygaid.

'Ty'd allan, Cit. Plîs?'

★ ★ ★

Mae ogla glân ar y byd. Glân fel cyllell drwy afal gwyrdd. Dwi ofn y perffeithrwydd 'ma oherwydd na wneith o ddim para. O ben y Foel Fach mae mynyddoedd Eryri yn y pellter dan liain o darth, yn aneglur, fel wynebau mewn breuddwyd.

'Mi fûm inna mewn cariad ers talwm hefo rhywun oedd sbelan yn hŷn na fi.'

Ai rŵan ydi'r amser i rannu profiadau? I ddweud 'mod i'n deall? Mae hi'n hir yn ateb. Yn dweud dim nes bod y distawrwydd yn mynd yn un â'r gwynt oer sy'n gorwedd ar draws fy ngwegil i.

'Ond doedd o ddim yn athro arnoch chi, nag oedd? Nac yn briod...'

Dwi'n difaru na fuaswn i wedi gwisgo sgarff. Mae llais Cit yn swnio'n bwdlyd fel pe bai hi'n ei boeri o i'r gwynt.

'Mi oedd 'na saith mlynedd rhyngon ni, cofia...'

Dwi'n cychwyn yn fy ôl i lawr y llethr lle mae cysgod rhag yr awel. Mae'r newid mor syfrdanol â chau drws ar ddrafft.

'Be' ddigwyddodd?' Rhyw ddiddordeb ar hyd ei thin sydd ganddi. Bod yn gwrtais. Mi fyddai'n well gan Cit gael llonydd i stiwio mewn hunandosturi. Dwi'n dyfalbarhau. Mae gen i stori dda pe bai ganddi'r amynedd i wrando.

'Arlunydd oedd o...'

'O?' Mae 'na ramant yn hynny. Mae hi'n codi'i haeliau. 'Oedd o'n bishyn, ta...?'

Dwi'n llwyddo i'w thynnu o'i chragen hefo pytiau o 'ngorffennol. Ond mae'r cyfan yn swnio'n ddiarth, rhywsut, fel petai o wedi digwydd i rywun arall. Erbyn meddwl, rhywun arall oeddwn i bryd hynny. Merch mewn llun...

'Mi fuon ni i fyny yn y fan yma hefo'n gilydd... ar ben y Foel Fach 'ma...' Ac wrth i mi adael i'r gwynt gipio 'ngwallt i dwi bron fel pe bawn i'n gallu cyffwrdd yn yr atgof. Fel hyn oedd hi. Diwrnod fel hyn. Y mynyddoedd mewn hugan hir o gwmwl.

'Lle mae o rŵan?'

A dydi hi ddim yn fy nghredu i.

'Ond ma' hwnnw'n enwog...!'

Mae hyd yn oed Cit, nad ydi hi ddim ond yn gallu tynnu lluniau o ddynion bach coesau-pin, wedi clywed am Johann Roi.

'Meddyliwch! Be' tasach chi wedi priodi hefo hwnnw...!'

'Dyna ddeudodd dy daid.'

'Ia, ond be' tasach chi...?'

'Mi fasat titha'n rhywun arall reit siŵr! Yn gwisgo clocsia' am dy draed ac yn byw mewn melin wynt!'

Mae hi'n chwerthin yn sydyn, yn ymlacio rhyw fymryn am y tro cyntaf ers tridiau. Ac yna:

'Taswn i'n gwisgo clocsia' ac yn byw mewn melin wynt faswn i ddim yn y llanast yma rŵan, na faswn?'

'Mi fasa 'na rwbath arall wedyn, 'sti. Ty'd o'na, paid â disgyn yn ôl i'r felan...'

Dydan ni ddim yn mynd adra'n syth. Mi ydan ni'n mynd i chwilio am gaffi bach braf lle cawn ni deisen a the. Ogla cynnes drwy'r lle. Cyrains a choffi a jam. Ar wahân i ni'n dwy, does yna neb yno dan drigain oed. A does dim ots. Mae hi'n braf, cael te bach hefo'n gilydd yng nghanol pensiynwyr tra bod gweddill y byd yn gorfod mynd i weithio, neu fynd i'r ysgol... Mynd i'r ysgol.

'Be' sy'n mynd i ddigwydd, ta? Pryd ga' i fynd yn ôl...?'

Yn lle rhoi ateb dwi'n tywallt mwy o de.

★ ★ ★

Volkswagen Polo ydi o. Gwyn. Glân. Twt. Siwgwr lwmp bach o gar reit o flaen ein tŷ ni. Dwi'n gyrru heibio iddo i mewn i'r dreif, yn ei anwybyddu ac eto'n gwybod na fydd dim pwynt. Mae yna rywun ynddo yn disgwyl amdanon ni.

Daw'r ferch allan o'r car yn araf. Mae hi'n araf am ei bod hi'n feichiog. Mae hi'n cerdded yn araf hefyd fel pe bai hi'n gwybod na wnawn ni ddim dianc. Dydi'i chôt lwyd hi ddim yn cau bellach ar draws ei bol hi. Peth fechan ydi hi, ond bod y bol yn rhoi rhyw fath o urddasdros-dro iddi. Rhyw fymryn o bwysigrwydd. Dydi hi ddim yn edrych fel petae hi wedi arfer â pheth felly. Bod yn rhywun o bwys. Ac mae hi'n edrych ar Cit. Cit â'i choesau main. Cit mewn jîns tynn. Cit yn ystwyth fel brwynen yn gwisgo'i harddwch mor rhwydd â phe bai o'n hen ddilledyn.

'Chdi ydi Catrin, felly?' Cwestiwn nad yw'n gwestiwn o gwbl. Rydan ni'n dwy'n edrych arni. Yn edrych ar y ferch 'ma. Y ferch feichiog, lwyd. Yn gwybod pwy ydi hi heb i neb ofyn. Felly dydan ni ddim yn gofyn. Dydan ni'n dweud dim. Y hi sy'n siarad. Mewn llais isel, fflat. Llais wedi blino.

'Isio dy weld di drosof fy hun ôn i. Dyna'r cyfan. Dim ond trio dallt be' oedd o wedi'i weld ynot ti.'

5

'Dan ni'n gynnar. Dydyn nhw ddim wedi clirio'r hambyrddau cinio eto. Ogla bwyd yn drwm drwy'r lle. Dyna fydd yn fy nharo i fwya' wrth fynd i wardiau ysbyty. Nid ogla'r moddion a'r Dettol ond ogla'r bwyd.

'Ma'r genod bach 'ma'n dda hefo fi.'

Y nyrsus ydi'r 'genod bach'. Ac ydyn, maen nhw'n haeddu medalau bob un os ydyn nhw wedi plesio Dad, yr hen gingron ag ydi o ar adegau. Mae o'n eistedd yn y gadair heddiw. Wedi bod 'am dro' er mwyn ymarfer y glun newydd. Golwg eithriadol o dda arno fo. Mae o'n edrych yn 'fengach nag y gwnaeth o ers blynyddoedd. Dim ond rŵan dwi'n sylweddoli'n union faint o boen yr oedd o'n ei ddioddef.

''Dach chi'n edrach yn rhyfeddol, Dad. Yr holl dendans 'ma'n gweddu i chi!'

'Ddoist ti â fy ffisig gwyn i?'

'Be'?'

'Ffisig stumog. Hwnnw fydda i'n ei gymryd at wynt...'

''Dach chi ddim i fod i'ch doctorio'ch hun yn fa'ma, siŵr. Cha' i ddim cario ffisig i chi a chitha ar bob math o dabledi'n barod...!'

'Duw, Duw. Dim ond rwbath at wynt ydi o! Rhwng y bwyd yn y lle 'ma a methu symud o gwmpas...' Yn gwneud ati rŵan i symud ei bwysau'n boenus o un foch tin i'r llall. 'Pigyn yn d'ochor fasa titha'n ei gael tasa raid i ti fyta dy bwdin hefo grefi am ei ben o!'

'Reis mae o'n ei feddwl.' Mae Cit yn astudio'r fwydlen fach a adawyd ar ymyl yr hambwrdd. 'Arnoch chi ma'r bai, Taid, yn rhoi tic wrth ymyl *beef stroganoff*. Mi fasach chi wedi medru dewis rwbath arall!'

'Baswn – bwyd cwningan!' Ac oddi ar ei orsedd glustogog mae o'n talu'r pwyth yn ôl iddi ddela' erioed, yn dangos nad ydi'r driniaeth ar ei glun wedi ffeithio dim ar ei dafod o. 'Be' wyt ti'n da yma rŵan, p'run bynnag? Dwyt ti ddim i fod yn 'rysgol?'

'Hwdiwch, llyncwch un o'r rhain.' Dwi'n trio dargyfeirio'r sgwrs hefo pecyn o Rennies dwi newydd gael hyd iddo fo yng ngwaelod fy mag. Ond mae Cit wedi mynnu dal ei lygaid o. Rêl Cit. Mae hi'n ddewrach na fi. Ac yn medru trin yr hen foi'n well na fi hefyd. Mae o'n rhoi mwy o le iddi nag a wnaeth o erioed i mi.

'Dwi ddim yn mynd i'r ysgol eto, Taid. Dwi 'di 'madael!'

Mae'r Rennie yn mynd i lawr mewn un llwnc, yn achosi pwl o dagu a fyddai'n gweddu'n well i ward ysgyfaint.

''Dach chi i fod i'w sipian o, Dad!'

Mae'i lygaid yn dyfrio ac mae Cit isio chwerthin ac yn gwybod nad oes wiw iddi os ydi hi am ennyn unrhyw gydymdeimlad ganddo. Crychu'i llygaid. Crychu'i thrwyn. Yr hen ddireidi. Dwi'n ymlacio. Mi fedar edrych ar ei hôl ei hun rŵan.

''Madael? Be' ma' hi'n ei feddwl?'

Cit sy'n ateb. Mae hi'n gwyro i roi sws ar ei drwyn o cyn gwneud sioe fawr o roi'r garthen yn dwt dros ei lin o.

'Mynd i weithio ar y til i'r Co-op dwi, te? Pres da. Gwell na gwastraffu amsar tua'r ysgol 'na!'

Oni bai am y pwythau a'r tiwbiau mi fyddai o'n neidio rŵan. Dydi o ddim wedi gweld y cythraul yn ei llygaid hi.

'Paid â'i bryfocio fo, Cit!'

Mae hi'n rhoi winc sydyn ar ei thaid ac yn ei helpu'i hun yn dalog i'r grawnwin duon mae hi wedi eu prynu iddo yn y siop fach ar y ffordd i mewn.

'Neis, Taid. 'Dach chi isio un? Gwell na'r hen Rennies 'na!'

Mae o'n synhwyro'i direidi hi o'r diwedd, yn estyn yn amheus am un o'r grawnwin. Dwi'n falch o gael yr hen Cit yn ôl, hyd yn oed os ydi hi'n bygwth mynd ar nerfau'i thaid.

'Dywed y gwir wrtha i, ta, y gnawas!'

Mae gynnon ni ofn y gwir, Cit a finna. Ofn yr holl wir. Ond mae hi'n gall. Yn dweud yr hyn sydd raid. Am y tro.

'Dwi'n mynd i goleg Chweched Dosbarth yn lle mynd i'r ysgol. Wedi penderfynu newid fy nghwrs, ylwch. Maen nhw'n cynnig gwell dewis o bynciau yng Ngholeg Hendre...'

Mae hi'n parablu ymlaen, yn mwydro'i ben o hefo disgrifiadau o wahanol gyrsiau nes ei fod o'n difaru'i fod o wedi gofyn. Mi geith hi lonydd ganddo fo rŵan. Mae'r sgwrs yn saff unwaith yn rhagor, yn arwain i lefydd eraill. Mae o'n cychwyn ar un o'r straeon amdano fo'i hun yn Desert Rat adeg y rhyfel. Un o'i hoff bynciau. Mi fydd wrthi rŵan am allan o hydion. Mi fedra' i ddianc am bum munud a'u gadael nhw yng nghwmni'i gilydd.

Dwi'n teimlo ogla'r bwyd yn y lle 'ma'n dal i glymu fy llwnc i.

Tu allan, yn y coridor llydan, mae 'na le i anadlu. Mae gwres holl helbulon y dyddiau diwethaf yn pigo fy mochau i fel llosg haul. Dwi'n diolch i Dduw am Goleg Hendre.

'Fedra' i ddim mynd yn ôl yna rŵan, Mam! Fedra' i ddim wynebu'i wersi o eto!'

Mi oedd hyn ar ôl ymweliad Meinir Lloyd. Ar ôl i honno yngan ei brawddeg fach lwyd, bathetig. Geiriau dienaid a gafodd fwy o effaith ar Cit nag y byddai Lisi Lew a'i bytheiriadau tân a brwmstan yn ei gael byth.

'Wyddwn i ddim... ei bod hi'n disgwyl babi.'

Roedd hi'n wers galed, greulon. Aeth Cit druan drwy'r mosiwns i gyd. Gwyddai eisoes 'mod i isio ceillia' Dylan Lloyd ar blât. Rŵan deisyfai hithau'r un peth, ond roedd hi'n broses hir a phoenus – trio'i gasáu o. Ceisiais fod yn ddoeth am unwaith. Dal fy nhafod. Gadael i Cit redeg arno fo, ei alw fo'n bob enw. Gadael iddi'i regi o. Ddywedais i ddim byd, dim ond estyn hancesi papur iddi pan drôdd y blagardio'n ddagrau hallt. Pan ddechreuodd hi'i alw fo'n 'fastad hyll' ac nad oedd arni byth isio gweld ei hen wên ffals, ffiaidd o byth eto, mi deimlais i fod 'na lygedyn o oleuni'n ymrithio ym mhen draw un o'r twneli hira' y buon ni drwyddo erioed. Cit oedd yr unig un a fedrai fendio Cit. Roedd yn rhaid iddi weld drosti hi ei hun sut un oedd Dylan Lloyd. Sut un oedd hithau. Roedd ei heuogrwydd yn waeth na dim byd arall. Y dysgu byw hefo'i rhan hi ei hun yn y twyll. Pan ddistawodd y danchwa, y dagrau, roedd Cit yn llonydd.

Delw fach drist yng nghanol slwtj o hancesi papur. Roedd hi'n uffernol o hwyr.

'Gymri di jin bach?' Cit yn sbio'n wirion. Finna'n trio bod yn lled-athronyddol. Os oedd hi'n ddigon hen i garu hefo'i hathro Saesneg, doedd bosib nad oedd hi'n ddigon 'tebol i fentro gwydraid o rywbeth cadarnach na choffi du.

'Ella helpith o i ti gysgu?'

Hitha'n mentro gwên lipa.

'Ocê, os ga' i lemonêd arno fo.'

Finna'n tywallt gwydraid bob un i ni ond wnaeth o ddim gweithio fel y meddyliais i y basa fo. Dim ond llymaid bob un gymron ni cyn penderfynu'i fod o'n blasu fel wermod lwyd. Dim ond mewn ffilmiau cowbois mae gwydriadau sydyn o wirod yn gwneud unrhyw fath o les. Ond nid Doc Holliday a Wyatt Earp oeddan ni. Lluchio'r jin i lawr y sinc a berwi llefrith i wneud siocled poeth. Siocled poeth a photel ddŵr poeth.

'Ga' i gysgu hefo chi heno, Mam?'

Chysgon ni fawr, ond mi siaradon ni. Symud ymlaen. Gweld y wawr yn torri...

'Fan'ma 'dach chi?' Mae Cit wrth fy mhenelin i rŵan. 'Mae 'na nyrs wedi dod i drin y pwythau... mi ofynnodd i mi fynd allan am dipyn... 'Dach chi'n iawn, yn dydach?' Ac mae hi'n cyffwrdd fy mraich i'n ysgafn.

'Ydw, siŵr iawn.'

'Peidiwch â phoeni... mi helpa i – pan ddaw Taid acw.' Gwena'n famol arna' i. 'Er mwyn i chi gael amser i ddechra'r nofel 'ma.'

Dechrau'r nofel. Mae clywed y geiriau mewn gwaed oer yn rhoi ysgytwad i mi.

'Sgynnoch chi syniadau?'

'Be'?'

'Y nofel. Ydach chi wedi dechra meddwl am gynllun?'

'Ydw... nac'dw... wn i ddim...' Sy'n golygu fod gen i hanner tudalen o ddŵdlo a llond y bun o dan y ddesg o belenni bach tynn o bapur sgwennu.

'Beth am yr hync hwnnw o arlunydd oeddach chi'n cael affêr hefo fo ers talwm?'

'Be'...?'

'Rwbath jiwsi. Y ferch ddisylw a'r artist enwog...'

'Hei, pwy wyt ti'n ei galw'n "ddisylw", madam!'

''Dach chi'n gwbod be' dwi'n feddwl!' Mae hi'n pefrio arna' i. 'Stori garu hefo dipyn o sbeis ynddi hi. Dyna sy'n gneud "gwd rîd"!'

Mae'r nyrs a fu'n trin pwythau Dad yn ymddangos ym mhen draw'r coridor.

'Gewch chi fynd yn ôl i mewn rŵan. Ew, mae o'n dod yn ei flaen rêl boi. Mi fydd adra hefo chi gyda hyn.' Mae hi'n rhoi gwên-hysbyseb-pâst-dannedd. Rhyddhad o glust i glust.

Mi ydan ni'n edrych ar ein gilydd, Cit a finna. Darllen meddyliau'n gilydd. Hei-ho, medda llygaid Cit ac i ffwrdd â hi i orffen yr hyn sy'n weddill o'r grawnwin duon. Dwi'n oedi am eiliad. Yn cofio pethau. Isio cofio pethau. Efallai nad ydi syniad Cit yn un mor ffôl wedi'r cyfan.

'Lle buost ti mor hir? Oes gen ti chwanag o'r petha-da chwalu gwynt 'na...?'

Ac yn sydyn mae arna' i isio chwerthin. Mi leciwn i ddweud wrtho fo am gau'i geg a tharo rhech yn lle swnian. Ond yn lle hynny dwi'n tywallt diod o lwcosêd iddo fo. Yn gwenu'n wirion.

A dwi'n dechrau meddwl o ddifri' am Johann Roi.

6

Dwi'n ei gweld hi cyn i mi sylwi arno fo. Ei wraig fach feichiog o. Mae'i bol hi'n llenwi'i chrys-T hi, yn llenwi fy llygaid innau. Y beichiogrwydd 'ma sy'n fwy na phopeth. Yn edliw pethau. Mae bob dim arall amdani'n denau, fregus. Mae edrych arni'n gwneud i mi feddwl am bryfyn corffog coesau-pinnau. Mi ddylwn i allu tosturio wrthi oherwydd mai wyneb merch ysgol sydd ganddi hithau. Mae fy holl reswm yn dweud wrtha i mai hon gafodd gam. Ond does arna i ddim isio gwrando ar reswm. Ei gŵr hi ydi Dylan Lloyd, ond mae o wedi brifo Cit hefyd. Wedi torri calon fy hogan fach i. Ac am hynny, dwi'n ei chasáu hithau hefyd. Yn casáu ei hwyneb gwyn, difynegiant. Yn casáu ei hen wallt brown, llipa hi a'r gwyleidd-dra pathetig 'na sy'n rhan o'i holl osgo hi. Dwi'n casáu ei beichiogrwydd hi. A dwi'n ei chasáu hi am fethu â chadw'i gŵr rhag crwydro. O, ia, a dwi'n ei chasáu hi am ddod acw hefyd i ddangos ei hen fol mawr a gwneud i Cit deimlo saith gwaeth. Yr eiliad yma dwi'n ei beio hi am bopeth. Yn casáu popeth amdani, popeth ynglŷn â hi, yn ffieiddio hyd yn oed at gynnwys y troli o'i blaen hi. A dwi'n sylweddoli'n sydyn mai fo sy'n rowlio'r troli. Yn sylweddoli fy mod i wedi bod yn syllu'n ddidrugaredd arni hi er mwyn gohirio gorfod edrych arno fo.

Dwi'n cael peth sioc o sylweddoli nad ydi Dylan

Lloyd ddim yn bishyn. Mae o'r un mor ddi-sylw â'i lygoden o wraig. Dwi'n cael trafferth dirnad beth welodd Cit yn y llipryn plorog 'ma. Mae'r cyfan yn siom i'r llygad. Dydi o ddim mo'r hync yr oeddwn i wedi'i ddychmygu. Ac i feddwl bod yr holl angst wedi bod ar gownt hwn. Dwi'n teimlo fel petawn i wedi cael fy ngwneud, fy nhwyllo rywsut. Nid fel hyn oedd o i fod i edrych.

Dim ond ychydig droedfeddi oedd rhyngon ni gynnau, a rŵan mae'r bwlch yn cau. Dwi tu ôl iddyn nhw. Reit tu ôl iddyn nhw. Pe bai gen i gyllell finiog mi fedrwn i ei phlannu hi yn ei wegil o rŵan heb i neb sylwi. Pe bawn i'n llofrudd profiadol. Llofrudd ar gytundeb yn hytrach nag awdures ar gytundeb. Ha blydi ha. Dydi hyn ddim yn ddoniol o bell ffordd. Mae fy nhu mewn i wedi fferru ers i mi ei weld o. Mor agos rŵan. Dwi'n clywed ei lais o. Eu sgwrs nhw. 'Hwn oeddat ti'i isio? ...Sgynnon ni ddigon o hwn...? Mwy nag un o'r rhain, ta be'...?' Ymysg y tuniau bîns a'r rhesi o bacedi pasta mae o'n actio rôl y gŵr ifanc cyfrifol. Y darpar-dad. Dwi'n gweld cynnwys y troli'n glir. Bananas, *croissants*, bara garlleg, coffi. Jariad o olewydd. Gŵr mawr cachu. Does arna' i ddim isio gwybod be' mae'r bastad yn ei fwyta ond mae yna ryw ddiawledigrwydd sydyn yn fy meddiannu i. Cyn i mi lawn sylweddoli be' dwi'n ei wneud, mae olwynion fy nhroli i'n brathu'i sodla fo. Does 'na ddim byd gwaeth, nag oes? Pobol yn trio'ch baglu chi hefo'u trolis. Niwsans. Peth cas. Digon poenus hefyd. Yn enwedig os cewch chi hergwd arall yn eich meingefn. A hynny gan yr un troli. Yr un person. Mae o bron â gwneud i chi feddwl bod 'na rywun tu ôl i chi'n trio ymosod arnoch chi'n fwriadol. Ond mi ydach chi'n llwyddo i anwybyddu'r peth, yn dydach? Hyd yn oed pan ddigwyddith o'r eildro. Damweiniau bach yn digwydd. Archfarchnad brysur. Pawb ar frys. Wps! Sori... welais i monoch chi'n fanna! ac ati. Mi fedrwch faddau, medrwch? Ond os cewch chi beltan am y trydydd, y pedwerydd tro...

Mae o'n troi'n sydyn. Mellt yn ei lygaid o.

'Hei! Gwatsiwch be' 'dach chi'n neud...! 'Dach chi ddim ffit i fod yn gwthio un o'r rheina!'

'Dan ni wyneb yn wyneb. Dau dymer yn berwi. Sgynno fo ddim syniad pwy ydw i, ond mae'i hwyneb hi'n gwelwi, os ydi hynny'n bosib. Roedd hi'n wyn cynt, ond rŵan mae hynny wedi mynd hefyd. Mae'r dychryn yn fudr ar ei gruddiau hi. Lliw hen gadach llestri. Mae o'n sbio'n hyll arna' i ac mae rhywbeth yn ffrwydro ynof fi. Rhoi. Rhwygo. Lastig rhy dynn. Dwi'n gweld bob lliw. Piws. Coch. Popeth. Gweld y blydi 'Werddon.

'Ddim ffit, ddudist ti? Ddim ffit, ia! O? Felly wir?'

Mae fy llais i wedi codi rhyw ddwy octef ac yn cynnwys fibrato digon trawiadol. Mae hyn yn taflu Dylan Lloyd oddi ar ei echel am rai eiliadau. Mae'n amlwg bod yr olwg wallgof yn fy llygaid i wedi'i argyhoeddi o fy mod i'n gwbl loerig oherwydd mae o'n ailddarganfod ei hunanreolaeth ac yn fy nghyfarch yn hanner-nawddoglyd, hanner-sarhaus mewn llais trin pobol sydd newydd ddianc oddi ar ward seiciatryddol:

'Ia, felly'n union. Dim ffit. Ddim yn gyfrifol. Ddim i'w thrystio.' Smŷg. Clyfar. Ocê. Iawn. Cymer hon ta'r sglyfath.

'Fel nad wyt titha ddim yn gyfrifol, nac yn dryst, i fod
â genod bach ysgol yn dy ofal, ia? Yr hwrgi diawl!'

Saib ddramatig. Cystal bob tamaid â'i gicio fo yn ei
fôls. Mae o'n gwybod pwy ydw i rŵan. Yn gwybod 'mod
i'n deall yn burion sut i lywio fy nhroli, diolch yn fawr
iawn, ac mae'i fudandod syfrdan, cachgïaidd rŵan hyd
yn oed, yn sbarduno fy huodledd i.

'Dywed i mi, sut llwyddaist ti i gadw dy job ar ôl be'
wnest ti? Faint o linynnau dynnon nhw ar dy ran di i
gadw petha'n ddistaw? Wedi'r cwbwl, dydi cael enw o fod
yn hel ei ddwylo ar hyd genethod y chweched dosbarth
ddim yn gwneud unrhyw fath o les i yrfa athro, nac'di,
debyg gen i? Ac eto, rwyt ti'n dal yn dy waith, yn dwyt?
Diddorol. Mae gen ti ffrindiau pwysig, mae'n rhaid.'

Erbyn hyn mae 'na dyrfa fechan wedi hel o'n cwmpas
ni. Fedra i ddim cadw rheolaeth arna' i fy hun. Dwi'n
crynu ond yn fuddugoliaethus. Mae'r caead yn dynn ar ei
biser o. Dwi wedi cael y gair ola', felly pam na wna i roi'r
gorau iddi? Aros yn f'ymyl i, Satan, am 'chydig bach eto.
O'n blaenau ni mae 'na resi o duniau bwyd ci. A fedra i
ddim maddau. Fedra i ddim stopio. Dwi'n eu pentyrru
nhw, un ar ôl y llall, am ben y pethau yn ei droli o.
Tuniau a bagiau hefo lluniau labradôrs a dalmêsions a
phob mwngral yn y cread arnyn nhw. Mae'r bara garlleg
yn siwrwd dan dirlithriad o duniau Pedigree Chum.

'Dyna chdi, yli. Gan dy fod ti wedi anghofio am fwyd
i chdi dy hun, yn de?'

Dwi ar fin colli arna' i fy hun pan deimlaf law ar fy
mraich. Mae 'na rywun yn siarad. Yn ymddiheuro
drosta' i. Ac mae 'na rywun mewn dillad Tesco yn cynnig
nôl torth arall i wraig Dylan Lloyd. Finna'n gweld dim

byd ond sêr – a bwyd ci. Mae 'na becyn o Winalot wedi hollti dros fy nhraed i. Mae'r person afaelodd ynof fi'n dal fy mraich yn dynn o hyd. Yn rhy dynn i fod yn glên. Dwi'n troi i edrych. Eic sy 'na. Eic, fy nghyn-ŵr. Yn edrych 'fath â grŵpi John ac Alun mewn crys denim a sgidia' cowboi. Ac mae gynno fo'r wyneb i fod â chywilydd ohono' i.

'Be' ffwc oeddat ti'n feddwl oeddat ti'n neud?'

Fuo Eic erioed yn giamstar ar delynegiaeth. Mae o'n sibrwd yn uchel ac yn dal ei afael fel gelen ynof fi fel petae arno fo ofn i mi ddechrau rhedeg trwy'r siop yn rhwygo 'nillad ac yn tynnu 'ngwallt o 'mhen.

'Paid, Eic. Ti'n poeri i 'nghlust i!'

Mae o wedi fy ngwasgu i gongl rhwng drws y lle chwech anabl a blwch y ffôn. Mae'r bobol sy'n cerdded heibio i ni'n sbio'n amheus. Dwi wedi dechrau crio mewn rhwystredigaeth a chywilydd ac mae fy *eyeliner* i wedi staenio fy mochau i'n ddu fel petawn i'n Indiad Coch wedi bod mewn rhyfel. Mi ydan ni'n olygfa ryfeddol, Eic a fi. Fel Pocahontas wedi cael ei herwgipio gan y Sundance Kid.

'Doedd gen i mo'r help. O, Iesu, Eic, ma' hi'n stori hir...'

O achos nad ydw i ddim wedi dweud wrtho fo, naddo? Am Cit a Dylan Lloyd. Mae Eic wedi cael yr un stori â 'nhad am Cit yn 'madael o'r ysgol. 'Plîs, Mam – does dim rhaid deud bob dim wrth Dad, nag oes...?'

Shit. Mae 'muddugoliaeth i'n grychau i gyd, yn marw ar lawr fel hen falŵn.

'Yli, Mar, sgin i'm amsar rŵan...'

Tipical. Rêl Eic wrth gwrs. Dim amser. Dim amynedd.

Yn enwedig os ydi unrhyw eglurhad yn mynd i fod yn 'stori hir'. Efallai nad oes dim isio i mi boeni wedi'r cyfan. Mae o'n gwenu'r hen wên wedi-bod-yn-lladd-defaid 'na.

'Isio mynd â Rita i'r *line-dancing* erbyn saith...'

Mi ôn i'n meddwl bod 'na rwbath. Hyd yn oed i Eic mae'r dillad Gorllewin Gwyllt 'na'n gwthio ffiniau hygrededd. Mae o'n diflannu drwy'r drysau gwydr fel gwrth-arwr mewn cyfres gowboi rad, dim ond bod y papur lle chwech o dan ei gesail o'n chwalu rhywfaint ar y ddelwedd. Ond mi ddaru o fy achub i heddiw. Rhagddo fi fy hun. A rŵan mae'r adrenalin wedi mynd. Mae'r siop fawr a'i phobol yn ferw parhaus o symud a sŵn. Popeth yn mynd yn ei flaen fel pe na bai dim oll wedi digwydd, a'r silffoedd bwyd cŵn wedi eu hadfer i'w hen ogoniant mor ddistaw a di-lol â phe bai'r tylwyth teg eu hunain wedi bod yno'n tacluso.

Dwi'n gadael heb brynu dim. Yn diolch ei bod hi'n glawio dros holl ffenestri'r car rhag i neb edrych i mewn a 'ngweld i â 'mhen ar y llyw. Achub cam Cit wnes i. Ond mi fyddai gan Cit gywilydd ohono' i heddiw. Wn i ddim lle i fynd o'r fan hyn. Fedra i ddim aros yma. Ond fedra i ddim mynd adra chwaith. Ddim am dipyn.

Dwi'n cychwyn yr injan. Chwythu fy nhrwyn. Sychu'r olion duon sy o gwmpas fy llygaid i. Sychu'r glaw oddi ar y ffenest. Mae hyd yn oed gwich y weipars yn cael hwyl am fy mhen.

7

'Mared! Cyw! Ti'n edrach yn uffernol!'

Rêl Ceri. Y ffrind go-iawn. Dydi ei onestrwydd diflewyn-ar-dafod 'dim ond ffrind fasa'n deud wrthat ti bod gen ti goesyn o frocoli'n sownd rhwng dy ddannedd blaen' ddim bob amser yn rhinwedd. Dydi Ceri ddim wastad yn deall bod angen dweud yr hyn y byddai rhywun yn dymuno'i glywed weithiau, pe bai hynny'n ddim ond am fod dipyn o gelwydd golau'n gallu bod yn eli i leddfu brath ego clwyfedig neu gydwybod ddolurus. Ond heddiw mae'r gwir yn plesio. Y gwir yn ocê. Rŵan hyn. Y gwir plaen yn datgan bod golwg uffernol arna' i. Oherwydd mae golwg uffernol arna' i. Dwi wedi gwneud rhywbeth uffernol o wirion. Dwi'n teimlo'n uffernol. Dwi angen cysur. A dwi angen i Ceri wybod hynny heb i mi orfod dweud wrtho fo. Dwi isio i fy wyneb gwelw a fy masgara rhedegog gyfleu hynny iddo fo. Dwi isio disgyn i freichiau rhywun.

Mae 'na botel o win yn anadlu ar garreg yr aelwyd. Stwff da. Mae hwn wedi costio mwy na £4.99 a does 'na ddim llun cangarŵ arno fo chwaith.

'Libanus,' medda Ceri'n anwesu gwddw'r botel yn werthfawrogol. Yn estyn gwydryn arall. Hirgoes. Hyfryd. Hyd yn oed ei wydrau o'n safonol. Fflamau bach cymesur y tân nwy'n ufudd-groesawus. Mae gen i awydd

53

sydyn i dynnu fy sgidia'. Suddo am ychydig bach i foethusrwydd bywyd Ceri. Anghofio am gynnau.

'Ti wedi bwyta?'

Ceri sy'n gwneud y siarad i gyd a finna'n fudan, yn sgrytio f'ysgwyddau neu'n ysgwyd fy mhen, yn teimlo'n ddiolchgar-ddarostyngedig am y croeso, fel cath wedi'i thynnu o afon. Ac yn ansicr. Yn dal i deimlo'r sach yn wlyb ar fy nghoesau. Dwi'n ysgwyd fy mhen am yr ugeinfed tro. Na, dydw i ddim wedi bwyta. A dwi'n sylweddoli bod yr hyn a fwriadwyd i swper i 'nhad a Cit a minnau yn dal yng ngwaelod y troli a adewais wrth silffoedd y bwyd cŵn yn Tesco.

'Wel, stedda, a chym' gegiad o'r gwin 'na. Sut ma' *caesar salad* yn swnio? Chwinciad gymrith o…'

'Na, Ceri – fedra i ddim… A dwi'n egluro am Dad a Cit ar eu cythlwng, yn methu deall lle'r ydw i, yn dychmygu pob mathau o bethau, damweiniau, llofruddiaethau. Efallai fy mod i'n gorwedd yn llyg yn rhywle a gwaed yn pistyllio o 'mhen, tyrfa wedi hel o 'nghwmpas i a'n swper-rhew Tesco *Finest* ni'n dadmer yn hyll mewn bag plastig wrth fy nhraed i…

'Ffonia nhw.' Mae o'n pwyso arna' i'n dyner a dwi'n fregus. Isio aros. Isio gohirio mynd adra. Dwi'n hawdd fy mherswadio. Dwi'n ffonio.

'Iawn, Mam. Dim probs.' Cit. Fy llofrudd iaith fach i. 'Swpar yn sortyd, eniwe.'

'Be', 'dach chi wedi…?'

'Taid yn llwgu gynna. Mi oedd o'n… ym…' Llais Cit yn cael ei daflu dros ei hysgwydd hi i rywle. ' …be' ddudoch chi, Taid? O, ia…' Ei cheg hi'n ôl wrth y derbynnydd. Sŵn chwerthin. 'Ei fol o'n gweiddi lle oedd

54

ei geg o, medda fo...! Mi es i allan i nôl sgod a sglods inni, o, a phys slwj. Dan ni'n mynd i wylio *Pobol y Cwm* mewn dau funud.' Mae hi'n swnio'n anarferol o galonnus.

"Dach chi'ch dau'n iawn felly...?'

'Ydan. Cŵl. Taid isio cymryd ei dabledi rŵan hefo panad. Isio i mi ddeud ei fod o'n "siort ora"!' Mae hi'n ei ddynwared o'n dalog, a'r ysgafnder yn ei llais hi'n gwneud popeth yn iawn. 'Siort ora'. *Pobol y Cwm*. Beth bynnag arall ydi gwendidau Dad mae'i Gymraeg o'n iawn. Efallai ceith ei arhosiad hefo ni ddylanwad ffafriol ar ei chystrawennau hi hyd yn oed os ydi o'n ei hannog hi i fwyta tsips o bapur newydd o flaen y teledu. Ac mae o'n gwneud iddi chwerthin. Maen nhw'n fêts, Cit a Taid. Mae hi'n medru anghofio pethau wrth edrych ar ei ôl o. Symud ei meddwl. Mae hi wedi bod trwy'r felin yn ddiweddar. Wrth feddwl am hynny dwi'n meddwl am Dylan Lloyd, am heddiw... Yn teimlo'r cywilydd yn codi i 'mhen i fel gwres. Mae'r dagrau'n llifo'n ddigymell. Dwi ddim hyd yn oed yn sylweddoli 'mod i'n crio nes bod yna ryw wlybaniaeth poeth ar hyd fy ngruddiau i.

'Diwrnod uffernol, ia, cyw?'

Dwi'n gwneud rhyw sŵn anifeilaidd pathetig fel morlo ar drengi. Dwi'n gafael yn dynn ynddo, yn sylweddoli'n sydyn na fu ein cyrff ni erioed mor agos, mor dynn wrth ei gilydd. Yn sylweddoli 'mod i'n mwynhau'r profiad. Mae o'n fain, ddiwastraff. Dwi'n synnu ei fod o'n teimlo mor heini, mor solet. Ceri, fy ffrind. Yn cusanu 'ngwallt i. Dwi'n anwesu'i gefn o'n reddfol. Heb aros i feddwl. Mae'r angen ynof i.

55

'Iesu, Ceri. Bechod dy fod ti'n hoyw!'

Mae rhywbeth yn gwefru drwyddo. Rhyw sioc fach. Ias. Ei fys yn dyner o dan fy ngên i.

'Dydi bod yn hoyw ddim yn golygu na fedra i mo dy gusanu di.'

Mae'r geiriau, yr eiliadau, yn hofran rhyngon ni. Diferion bach. Syml. Simsan. Ar fin disgyn. Cynnes a llaith. Dwi'n mwynhau cysur ei wefusau ar fy rhai i. Blaen ei dafod. Mwynhau'i agosrwydd o. Dydan ni ddim wedi cynllunio hyn. Y cusan llwglyd anghenus 'ma. Ond mae o'n ein sgubo ni. Rhyw gorwynt bach gwyrdroedig yn ein cipio ni ar ei gyrn.

'Waw!' A fedra i ddweud dim byd arall, dim ond ei lygadu'n gegrwth fel merch ysgol ar ôl ei chusan cyntaf. 'Ceri?'

Mae ymyl ei wefus o'n cyrlio'n ddireidus. Ydi, mae yntau'n mwynhau'r syrpreis. Ac fel pe bai arna' i angen unrhyw sicrwydd pellach mae'i fys o'n crwydro'n araf o dan linell fy ngên i, at fy llwnc i, yr esgyrn bach cnotiog o dan fy ngwddw i. Fy mron i fydd nesa'. Fy mron chwith i. Ei law dde yntau. Dwi'n gwlwm o dyndra. Y deth yn dynn. Disgwyl ei gyffyrddiad. Yntau'n gwybod.

'Does dim rhaid i ni ei gadael hi yn fanna.'

Gosodiad bach bregus sy bron â bod yn gwestiwn. Yn rhyfedd iawn dwi'n teimlo'n llwglyd ond rhyw newyn od, braf sy'n miniogi fy synhwyrau i ydi o. Sy'n eitha' peth, am wn i. Nid dyma'r adeg i holi be' ddigwyddodd i'r *caesar salad*.

Dydan ni ddim yn siarad tra mae o'n fy nhywys i i fyny'r grisiau. Afraid dweud na fûm i erioed yn ei stafell wely o o'r blaen. Dodrefn metalaidd, gloyw. Rhyw liw ariannaidd ar bopeth. Chwaethus o wrywaidd, fel bod mewn llong ofod. Syndod o wrywaidd, a dweud y gwir. Rôn i'n disgwyl i Ceri fod yn fwy *camp* o'r hanner. Ond mae hyn i gyd yn berwi o steil mymrynyddol. Dillad gwely llwyd a du. Cae o wely. Taclus. Llyfn. Yn fy nhroi fi 'mlaen. A dydw i ddim yn credu bod hyn yn digwydd. Dydw i ddim yn credu bod gan Ceri fin fel mul wrth edrych arna' i.

Hefo'n wynebau rydan ni'n siarad. Hefo'n dwylo. Hefo'n gwefusau. Mae hi fel petae 'na ddealltwriaeth gyfrin rhyngon ni i anwybyddu geiriau rhag ofn iddyn nhw ddifetha pethau. Dod â realaeth yn ôl. Ein hatgoffa ni o pwy ydan ni. O'r hyn ydan ni. Heb eiriau mae'r cyfan yn bosib. Yn syniad da.

Dydi o mo'r rhyw gorau yn y byd. Ond oherwydd nad oedd gan yr un o'r ddau ohonon ni ddisgwyliadau, does dim ots am hynny. Y cydorwedd oedd yn bwysig gynnau fach. Y cysuro. Y gallu i chwerthin wedyn, i edrych heb gywilydd i fyw llygaid ein gilydd a gwybod na fydd angen i ni'n casáu' n hunain yn y bore.

★ ★ ★

Mi ddylwn i fod yn teimlo'n well. Wedi ymlacio. Ymollwng ar ôl rhannu baich. Dwi newydd fod yn y gwely hefo un o fy ffrindiau gorau a dydw i ddim yn siŵr iawn sut dwi i fod i deimlo. Dim digon o win, efallai, a finna'n gorfod gyrru adra. Byrbwyll hefo rhyw, ond call tu ôl i'r llyw. Mae'r odl yn dod yn ddigymell o rywle. Swnio fel arwyddair rhyw ymgyrch wyrdroëdig ar y cyd rhwng y Gwasanaeth Iechyd a'r heddlu. Be' gymrwch chi? HIV ta damwain car? Dewiswch chi. 'Dach chi'n mynd i farw rhywdro beth bynnag.

Mae'n rhaid i mi symud fy meddwl. Mae gormod o ddychymyg yn frawychus weithiau. Yn anfon y celloedd llwydion ar gyfeiliorn. Dwi'n troi'r radio ymlaen. Mae 'na ryw drafodaeth ar ei hanner. Rhaglen ar y celfyddydau. Sôn am waith rhyw arlunydd neu'i gilydd. ' ...mi oedd ei arddull o'n gyfuniad o'r beiddgar a'r diwair... arbrofol ac eto... fel pe bai'n dewis ei gaethiwo'i hun weithiau...'

Rhyw hanner gwrando ydw i. Pytiau'n fy nghyrraedd i drwy anadlu beichus y system awyru: mae clytiau o angar yn cystadlu'n ffyrnig â'r glaw sy'n dal i strempio ffenest y car. Gwlybaniaeth tu mewn a thu allan. Sŵn yn unig ydi'r radio. Rhyw rŵn cyfeillgar, cysurus sy'n golygu fawr ddim. Nes iddyn nhw ddechrau sôn am ddau ddiwylliant. Am Gymru a'r Iseldiroedd. Am golled ar ôl dawn arbennig. Daw'r rhaglen i ben wrth i mi wyro ymlaen i droi'r sain yn uwch. I glywed y geiriau ola'. Cymal ola', syber y frawddeg glo. Teyrnged oedd hi. Llais o bell yn tynnu llen:

' ...yr arlunydd, Johann Roi, a fu farw heddiw...'

8

Dwi wedi cael bore rhyfeddol o sgwennu sgwennu sgwennu. Y stydi'n llenwi hefo haul. Mae hi fel pe na bai ddoe wedi bod, er bod darnau ohono fo o 'mlaen i rŵan: blasau, emosiynau, arogleuon. Glaw. A heddiw mae gen i stori. Cymeriadau y gallaf eu cyffwrdd. Cyn hyn roedd fy nwylo i'n mynd drwyddyn nhw: rhith oedd pob un a finna'n rhwystredig. Roedd eu meddyliau nhw'n hofran o 'mlaen i ond fedrwn i mo'u dal nhw, dim mwy nag y byddwn i wedi gallu caethiwo awelon. Poen oedd o. Penyd. A rŵan mae hi'n iawn. Chwap! Jyst fel'na. Dwi'n ymhonnus o ddiogel, yn sicr yn y wybodaeth bod y ddawn gen i o hyd. Dwi'n hunan-fodlon, yn falch o 'ngallu cyfrin. Fel mochyn yn gweld y gwynt.

Mae hi'n ddydd Sadwrn. Cit yn gweithio yn y siop fara yn y dre'. Ei bore cynta'. Mi aeth yn gynnar, heb frecwast. Cadw lle i deisen hefo'i phanad ddeg, medda hi. Dwi'n meddwl y bydd hi'n iawn. Y daw hi drwy hyn. Dwi'n llowcio 'nghoffi, un banad ar ôl y llall, yn boenus o ymwybodol fy mod i isio sigarét yn fwy na dim. Does gen i'r un yn y tŷ. Dwi'n benderfynol y tro hwn. Ond yn dal i gael yr ysfa. Pedwar mis heb smôc ac yn dal i fod isio. Ond wnes i ddim ildio, ddim hyd yn oed yn ystod y miri 'ma hefo Cit. Mae gen i le i fy llongyfarch fy hun.

Clywaf dapiau dŵr yn rhedeg. Symudiadau. Traed. Camau trymion. Synau'n f'atgoffa bod rhywun arall yn y

tŷ. Mi oeddwn i'n meddwl y byddai cael 'nhad dan yr
unto am wythnosau'n fy anfon i grafangau deg-ar-
hugain-y-dydd unwaith yn rhagor. Ond dwi wedi fy
siomi o'r ochr orau. Mae'r hen greadur yn haws i'w drin
nag a feddyliais. Wedi meddalu dipyn yn ei henaint,
mae'n debyg. Ac mae ganddo feddwl y byd o Cit. Mae
hithau'n rhoi tendans iddo. Yn edrych ar ei ôl o. Dwi'n
meddwl ei fod o'n gweld Mam ynddi weithiau. Mae yna
adegau pan fydda' inna'n adnabod y tro 'na yng ngwefus
Cit. Y pendantrwydd yn ei gên hi. Y direidi yn ei llygaid.
Mae Cit yn debyg iawn i rai o'r lluniau sydd gen i o Mam
yn ifanc. Mae o'n syndod i mi'n aml. Yn annisgwyl. Y
deja-vu: gwybod fy mod i wedi gweld yr ystum yna, y
wên yna o'r blaen. Yr un un. Bron. Parhad yr hil. Mae
Dad yn ei weld o hefyd. Yn diolch yn ei galon i mi'n
ddistaw bach am ddod â Cit i'r byd. Ac yn diolch yr un
mor ddistaw i Dduw, dybiwn i, nad ydi hi'n tynnu ar ôl
Eic mewn unrhyw ffordd, ar wahân i liw ei gwallt. Ac
mae hi'n ddigon hawdd newid hwnnw, fel mae Cit ei hun
wedi'i ddarganfod, er mawr lawenydd iddi hi. Mae'r lliw
pinc uffernol 'na wedi gwanio'n sylweddol ac yn prysur
dyfu allan rŵan, diolch i'r nefoedd. A Taid, o bawb, yn ei
swcro hi drwy ddweud pethau fel: 'Mae o'n ddigon
dymunol pan wyt ti'n sefyll allan o'r golau, 'sti. Mi fuo
gen dy nain het ddydd Sul mewn lliw digon tebyg, dim
ond bod 'na bluan yn sticio allan o honno, te...' Dwi
wedi amau ers tro nad ydi o'n gwisgo digon ar ei sbectol
ond nid dallineb oedd yn gyfrifol am haelioni'i sylwadau
bryd hynny. Ofn pechu Cit oedd o. Ac yn cael modd i
fyw, ar yr un pryd, o weld ei bod hi'n tynnu blewyn o
'nhrwyn i. Gwrthryfel y Gwallt. 'Dan ni i gyd yn mynd

drwyddo fo. Dwi'n cofio mynd i Fangor ers talwm y munud yr oeddwn i'n ddigon hen i fentro ar y bws ar fy mhen fy hun, ac yn dod adra hefo perm oedd, yn fy nhyb i, yn gwneud i mi edrych yr un ffunud â Barbra Streisand. Un o'r merched hardda' yn y byd bryd hynny. Mi ôn i'n falch iawn ohonof fi fy hun. Nes i Dad gyrraedd adra a dweud 'mod i'n debycach i bŵdl Mrs Ŵan Gorffwysfa nag i unrhyw ffilm star, ac y baswn i wedi medru arbed punnoedd drwy aros adra a rhoi 'mys yn nhwll y plwg letrig i gael yr un effaith. Mam, fel arfer, yn dweud dim. Yn awgrymu'n garedig, ar ôl cael ei gefn o, y dylwn i bicio i le gwallt Hefina yn y pentra rhag ofn y basa honno'n 'medru gneud rwbath'. Finna'n mynd yn ufudd hefo papur pumpunt wedi'i fenthyg o jar y Crismas Clyb. Cael wash-an-set wedi'i lacro'n solat, nes bod gwallt fy mhen i'n debycach i helmed milwr o'r Rhyfel Mawr. Mi fyddai wedi bod yn dda iddyn nhw wrth rywun fel Hefina tua Pilkem Ridge. Cyrraedd adra wedyn yn debycach y tro hwn i Mrs Ŵan Gorffwysfa'i hun nag i'r pŵdl ac yn gorfod wynebu'r byd mewn sana' pen-glin a 'ngwallt i'n ganol oed.

Fyddai Cit byth mor ufudd heddiw. Mi feddyliais i mai peth da fyddai ei magu hi i feddwl drosti hi ei hun. Magu annibyniaeth barn ynddi. Paratoi'r ffordd rhag iddi fod mor llywaeth ag oeddwn i yn ei hoed hi. A be' ddigwyddodd? Mi fagodd gymaint o annibyniaeth barn nes ei bod hi'n teimlo'r angen i gael ffling hefo un o'i hathrawon. Deddf Diawlineb. Ond mae'n rhaid 'mod i wedi gwneud rhywbeth yn iawn. Mae Cit a fi'n siarad rŵan. Yn siarad go iawn. Cyfathrebu. 'Dan ni ar yr un ochr. Mewn ffordd od, mae'r holl fusnes Dylan Lloyd 'ma wedi dod â ni'n nes. Rhyw gyfannu pethau. Finna'n cyrraedd adra neithiwr a Cit yn gonsyrn i gyd.

''Dach chi'n iawn?'

'Ydw, siŵr iawn. Be' wnaeth i ti feddwl...?'

Hithau'n oedi cyn dweud wrtha i. Rhag ofn. Gadael i mi ofyn fy nghwestiynau i'n gyntaf.

'Taid yn ei wely...?'

'Ydi, ers rhyw awran. Mi arhosais i i wylio rhyw raglen a wedyn mi ddoth y newyddion ymlaen...'

'O?'

'Glywsoch chi, ta?'

'Be'...?'

'Am Johann Roi. Yr arlunydd...'

'Do. Ar radio'r car.'

'Mi oeddach chi'n gariadon, meddach chi...' Oes 'na ryw dinc o anghrediniaeth yn ei llais hi rŵan? Ydi hi'n meddwl y dylwn i fod yn swp o ddagrau, yn siglo'n ôl a blaen gan wneud nadau a rhincian fy nannedd?

'Oeddan. Mi ddudish i wrthat ti...'

''Dach chi'n teimlo rhywbeth? 'Dach chi'n drist?'

Ydw i? Mae yna gymaint o flynyddoedd. Mae cymell yr atgofion fel agor hen lyfr. Hen lyfr a fu'n ffefryn unwaith ond sydd bellach wedi bod yn angof ers talwm iawn. Y tudalennau wedi melynu. Y clawr ar goll. Pethau ddim yn union 'run fath er nad ydi'r stori ei hun ddim wedi newid.

'Dwi ddim yn gwbod, Cit. Chwithig, ella. Wn i ddim. Mae o wedi peidio â bod yn rhan o 'mywyd i ers cymaint o flynyddoedd.'

'Damwain car. Dyna ddywedon nhw.'

'Doedd o ddim yn hanner cant.'

'Mi oedd o'n bishyn o hyd yn ôl y llun.'

'Llun? Pa lun?'

'Ar y teledu. Y newyddion Cymraeg. Mi gafodd dipyn o sylw ganddyn nhw.'

Teledu. Radio. Be' ydi'r ots? Yn fy mhen i mae'i lun o. Yr Johann ifanc, barfog. Ei groen o'n wyn...

'Doeddwn i ddim yn sylweddoli'i fod o'n gallu siarad Cymraeg!'

'Oedd, Cit. Mi oedd o'n siarad Cymraeg.' A hynny, rhywfodd, sy'n gwneud i mi deimlo'n drist. Cofio hynny sy'n gwneud i mi deimlo colled. Nid colled enbyd sy'n gwneud i mi fod isio gweiddi crio, chwaith. Mae o'n fwy cymhleth na hynny. Yn f'atgoffa o hiraeth a fu, hiraeth a gollodd ei frath. Wedi'i dreulio. Fel yr hiraeth ar hen gerrig beddi. O'r munud hwnnw dwi'n gwybod y bydda' i'n gallu dechrau sgwennu.

Ac yma'r ydw i. Ogla'r blodau ar y ddesg o 'mlaen i'n dwysáu wrth i'r stafell gynhesu. Mae hynny'n gwneud i mi feddwl am Johann rŵan. Y blodau. A finna'n noeth. Merch noeth. Mae 'na ferch noeth yn fy stori innau rŵan. Yn gorfod eistedd yn llonydd fel delw a'i bronnau'n dynn. Mae o'n beth mor anodd. Eistedd fel'na. Trio dod yn rhan o'r llonyddwch. Ofn i bob anadliad chwalu'r hud.

Mi eisteddais i am yn hir iddo. Disymud. Di-sŵn. Heblaw am sŵn y brwsh ar y canfas. Ogla'r paent. Ogla'r blodau oedd yn gefndir i'r llun. Y lilis pur. Yn gwneud i minnau deimlo'n wyryfol. Yn lân. Doedd 'na ddim byd yn ddi-chwaeth ynglŷn â hyn. Gwnâi Johann i mi deimlo'n hardd. Fel pe bawn i fy hun yn ddarn o gelfyddyd. Pan syllai arna' i roedd o'n syllu o bell. Yn astudio llinellau 'nghorff i fel pe bai'n astudio cerflun. Roedd rhyw ddieithrwch bron yn oer ynglŷn â'r ffordd yr oedd o'n syllu arna' i. Nid cariadon oedden ni ond arlunydd a'i wrthrych. Roedd y pellter hwnnw'n fy nghynhyrfu. Cedwais y wefr yn dynn tu mewn i mi. Tan wedyn. A deall ei fod yntau wedi gwneud yr un fath. Roedd ein caru wedyn fel llifddorau'n agor. Halogi'r wyryf. Beiddgarwch y syniad yn ein cyffroi. Ac mi oedd meddwl fy mod i, o bawb, yn cael fy mhaentio'n noeth, yn rhoi hyder anhygoel i mi. Roedd gen i gyfrinach gynnes tu mewn i mi oedd yn fy ngwneud i'n hardd ar y tu allan.

Mi ddylwn i deimlo'n euog. Yn euog 'mod i'n gallu sgwennu oherwydd marwolaeth Johann. Yn euog fod gen i nofel ar y gweill am garwriaeth rhwng merch ifanc swil ac arlunydd tlawd. Dim ond nad oedd Johann yn dlawd erbyn hyn. Tiwn gron Dad. Dwi'n dewis peidio â meddwl am hynny ac yn cau fy llygaid yn dynn, yn trio cofio sut oedd o'n fy ngharu i ers talwm. Ei fin, ei flas, ei gyffyrddiad. Dwi'n gwegian ar gyrion rhyw ias orgasmaidd – sgil-effaith nid amhleserus o geisio consurio golygfa nwydwyllt sy'n berwi o balfalu a chordeddiadau o gynfasau gwely – pan glywaf dwrw rhywbeth yn disgyn a sŵn Dad yn curo oddi fry hefo un o'i faglau. O, na. Dydi o erioed wedi cael codwm! Cit ddim yma a finna'n ei anwybyddu o, fel arfer. Y ferch esgeulus... Dyma fy nghosb i am feiddio ystyried ail-greu cyffyrddiadau bysedd hirion Johann Roi yn goglais fy nirgel fannau...

'Dad! Lle ydach chi? 'Dach chi'n iawn? Be' 'dach chi'n da ar ben y grisia' 'na...?'

Mae ganddo fo stafell wely ar y llawr isa. Reit drws nesa' i'r stafell 'molchi sydd hefyd ar y llawr isa. Does dim angen iddo fo ddringo'r un ris. Dyna pam mae ein tŷ ni mor hwylus ar gyfer dyn sydd wedi cael clun newydd. Ond mae o'n sefyll yn dalog ar y landin isa, tra mae fy mhot Tsieinïaidd mawr i ar waelod y grisiau, yn bedwar darn fel y Pair Dadeni.

'Lle diawledig o wirion i osod pot bloda' os ti'n gofyn i mi!' Mae o'n chwifio'i faglan arna' i 'fath â Long John Silver. Dwi'n sbio ar fy fâs ddrud ac wedyn arno fo. Dwi isio'i ladd o.

'Does 'na neb yn gofyn i chi, nag oes, Dad! A beth bynnag, be' ddaeth dros eich pen chi i ddringo i fanna? 'Dach chi'n dechra drysu neu rwbath?' Er 'mod i'n gwybod yn burion be' ydi'r ateb i hynny.

'Dim ond meddwl y baswn i'n rhoi trei-owt i'r hen glun newydd 'ma – a finna'n teimlo'n o lew bora 'ma. Dim gwerth o boen...'

Dydi hynny fawr o syndod i mi chwaith o'r ffordd mae o'n mynnu cymysgu'i dabledi. Mae o'n hedfan 'fath â barcud ar y cyffuriau lladd poen 'ma a fynta'n eu llyncu fesul dwy hefo pob panad mae o'n ei chael. Mae hi'n beryg ei fod o wedi meddwl y medar o fflio i lawr o ben y grisiau 'na hefyd.

'Arhoswch lle'r ydach chi. Mi ddo i atoch chi. Mi fyddwch chi'n siŵr o wneud niwed i chi'ch hun yn gwneud rhyw gampau fel hyn...'

Dwi'n gwneud sioe o godi darnau'r fâs Tsieïniaidd ac yn mentro rhyw ochenaid fach drist ond mae o'n dewis peidio â sylwi ac yn dechrau anwesu'i glun fel petae o newydd gofio'n sydyn am y llawdriniaeth ofnadwy o boenus mae o wedi'i chael yn ddiweddar. Effaith y poenladdwyr yn cilio'n gyfleus o sydyn ac mae o'n mentro griddfan yn ddramatig heb dynnu'i lygaid oddi arna' i, fel hen lwynog wedi'i ddal mewn magl.

'Dowch, ta, Dad bach. Yn ara' deg rŵan...' A bron na fedra i deimlo gwres ei wên fach fuddugoliaethus ar fy ngwegil i.

★ ★ ★

Hanner dydd ac mae Cit adra.

'Ti'n gynnar. Doeddwn i ddim yn meddwl dy fod ti'n cael dy awr ginio tan un o'r gloch.'

Oes 'na ôl crio arni? Mae fy stumog i'n rhoi tro. Sŵn y teledu'n treiddio trwy'r waliau. Rhyw gêm bêl-droed. Cit yn codi'i phen. Moeli'i chlustiau am ennyd.

'Taid?'

'Mae o yn ei elfen. Wedi bod yn dynwared Sherpa Tenzing bora 'ma. Wyddost ti be' wnaeth o...?'

Ond mae hi wedi troi'i chefn. Ei hysgwyddau hi'n crynu. Ysgwyddau culion, bregus. Esgyrn deryn bach.

'Cit?'

'Pam na fedrwch chi adael llonydd i betha', 'dwch?'

'Be'...?'

'Oedd raid i chi godi cywilydd arna i fel'na?'

Ddoe. Mae hi'n sôn am ddoe. Fy sterics i yn Tesco. Pwy ddywedodd wrthi? Nid Eic, debyg. Na, fyddai hwnnw, hyd yn oed, ddim yn ddigon o ddiawl i wneud hynny. Dydi hi ddim wedi cael cyfle i siarad hefo fo p'run bynnag...

Mae Cit yn manteisio ar fy mudandod i. Dau ddotyn coch ar ganol ei gruddiau hi.

' ...fy ngwneud i'n destun sbort...'

Yng ngwres y gosodiad does 'run o'r ddwy ohonon ni'n cofio bod Cit ei hun wedi gwneud ei siâr o hynny. Dwi fel petawn i'n mwynhau lapio'r euogrwydd yn glogyn amdanaf. Fy fflangellu fy hun.

'Cit... paid... teimlo drosot ti oeddwn i...' A fi ydi'r un sy'n ymddiheuro. Yn teimlo fel llofrudd. Mae'r poen ar ei hwyneb hi'n gwneud fy nhu mewn i'n glymau. Dwi'n brifo drosti hi a fedar hi ddim gweld hynny. Dim ond isio gwneud pethau'n iawn iddi ydw i.

'Mi ddaru nhw 'ngalw fi'n hŵr.' Mae'i llais hi'n fflat. Yn marw ar y gair ola' 'na. 'Liwsi Owen a Sioned. Mi ddaethon nhw i'r siop bora 'ma...'

Genod oedd yn yr ysgol hefo hi. Dyfodd i fyny hefo hi. Ddaeth i'w phartïon pen-blwydd hi. Swildod a chegau siocled. Mae eu sbeit yn fy ngadael i'n oer. Ac mae gen i ofn colli Cit eto. Oherwydd hyn. Oherwydd pobol eraill. Mi oedd pethau'n haws pan oedd hi'n ferch fach. Cymodi'n haws. Mi oeddwn i'n medru'i dal hi'n dynn mewn coflaid cyn iddi sylweddoli beth oedd yn digwydd a theimlo'i thymer hi'n oeri'n braf ar y bochau bach hallt 'na. Swpyn o gryndod yn tawelu, llonyddu fel glöyn byw yn setlo. Dwi isio dweud wrthi am beidio poeni. Am anghofio am Liwsi a Sioned. Cenfigen ydi o. Malais. Dydyn nhw ddim yn deilwng hyd yn oed o'i dirmyg hi. Mi wellith petha'. Cyfnod anffodus ydi hwn. 'Dan ni i gyd yn gwneud camgymeriadau. Dyna ddylwn i ei ddweud. Y truth arferol. Ond ystrydebau ydyn nhw, ac er bod yn rhaid i mi ddweud rhywbeth, dydw i ddim am fentro gadael iddi fy nghyhuddo i o fod yn nawddoglyd. Felly dwi'n trio'r gwir. Diamod. Dim ffrils.

'Dwi'n dy garu di'n fwy na neb arall yn y byd, Cit.'

Fedar Cit, hyd yn oed, ddim dadlau hefo hynny. Ddylai o ddim bod yn beth mor anodd i'w ddweud. Mae hi'n meddalu. Edrych arna' i. Saif yr haul yn sgwaryn llonydd ar ganol y bwrdd.

'A fi, Mam.'

Mae o'n ddigon. A'r un ydi'r llygaid mawr 'na. Yn dair oed mewn dyngarîs. Yn ddeuddeg. Yn ddwy ar bymtheg. Llygaid fy mhlentyn i ydyn nhw. Llygaid yn gofyn i mi eu darllen. Yr hen eiriau anodd 'na.

Ac unwaith yn rhagor, mae hi'n bryd gwneud panad.

9

Johann a fi. Fy nghariad cynta'. Crychau-papur-sidan ar wyneb y dŵr. Clymu bysedd. Caru. Cynnal y wefr.

Dwi'n cofio.

Isio cofio.

Godro ddoe. Pob diferyn. Angar. Niwl. Gwlith. Pob gwlybaniaeth.

Dwi'n paentio'r geiriau.

★ ★ ★

Eic a fi. Ia. Hyd yn oed Eic. Cyffro'r wên gynta'. Cyffro'i fysedd yn cyflymu. Ei wallt yntau'n hir. Nid cyn hired ag un Johann. Ond hir. Cyffwrdd ei goler. Cyrlio'n dyner. Eic yn dyner. Gwybod sut i garu. Dagrau pethau. Dechrau'r diwedd. Eic yn gwybod sut i garu sawl merch.

★ ★ ★

Maen nhw'n dweud eich bod chi'n anghofio. Y poen. Y brifo. Iesu, mae o'n brifo. Dydyn nhw ddim yn dweud hynny. Ddim go iawn. Mamau. Llyfrau. Cylchgronau. Ond dwi'n ei gofio fo. Poen. Poenau. Blancedi trymion, gwlybion o boen. Bidogau sydyn yn procio'n boeth. A'r rhyddhad wedyn. Cofio hwnnw hefyd. Rhyddhad yn gymysg â rhyw orfoledd penwan na fuo fo erioed yn perthyn i neb arall ond i mi. Gorfoledd trechu byddinoedd. Cyrraedd copaon. Gwirioni. Fel anwesu cylch y lleuad. Ei dal yn fy mreichiau, yn dew ac yn gron.

Dal Cit.

Yr wyneb bach newydd yn hen.

A'r poen wedi mynd. Ond nid o'r cof. Peth fel'na ydi o. Geni plentyn. Rhoi rhywbeth yn ôl.

Sicrhau bys ym mrywas y dyfodol.

* * *

Colli Mam. Fel rhoi ddoe yn ei wely. Gwahanol fath o boen. Haenau bach o hiraeth yn codi fel plisgyn, un ar ôl y llall. Mae 'na rywbeth o hyd. Hen ddilledyn. Hen lawysgrifen tu mewn i glawr llyfr. Cit yn gwenu'r wên 'na. Ei gwên hi. Fy merch yn gwenu gwên fy mam a 'nhad yn chwythu'i drwyn yn ffyrnig. Gadael y stafell am ei fod o newydd gofio'n sydyn bod ganddo rywbeth pwysig i'w wneud yn rhywle arall. Ar ei ben ei hun. Am nad ydi dynion fel fo'n crio. Dynion cadarn sy'n gwisgo bresys ac yn mynnu cymryd y llyw bob amser am nad ydyn nhw'n credu yn eu calonnau bod merched yn saff i yrru ceir. Dynion ag ôl gwaith ar eu dwylo.

Na fedren nhw ddim berwi ŵy.

Dynion a fu'n Desert Rats.

* * *

Fy nofel a finna. 'Dan ni'n ein deall ein gilydd rŵan. Wedi dod yn dipyn o fêts. Dwi'n ei swcro, ei hudo – ei bwydo ar friwsion o 'mywyd. Mae hithau'n treulio'r seigiau a'u troi'n stori rhywun arall. Llyncu rhai pethau. Gwrthod pethau eraill. Hen beth fisi ydi hi. Dydi popeth ddim at ei dant. Ond ganddi hi mae'r gair ola'.

Peth fel'na ydi o. Sgwennu nofel. Rhoi iddi ei phen.

Mae hynny'n gallu brifo hefyd.

10

Cnebrwn tad Ceri.

'Ddoi di hefo fi, Mar?' Y cwestiwn diangen.

Mae hi'n piso bwrw ac yn oerach nag y dylai hi fod. Diawledigrwydd y tymhorau. Neu'r Bod Mawr ei hun, efallai. Dyna'i fraint O. Cael hwyl am ein pennau ni.

Mi rois i'r gorau i gredu pan fu farw Mam. Troi'n anffyddwraig. Neu dyna feddyliais i. Tra'n dal i gymryd ei enw Fo'n ofer. Ei feio Fo. A hyd yn oed yn dal i ddiolch iddo Fo am ambell i beth tra 'mod i'n mynnu cogio nad oedd O ddim yn bod. Achos mai dyna oedd o. Cogio. Dwi'n gwybod erbyn hyn na wnes i erioed beidio credu go iawn. Hulpio wnes i. Pwdu hefo Duw am iddo orfodi i'r wraig addfwyn, garedig 'ma ddioddef. Y ddynes ddiymhongar 'ma a roddodd bawb arall yn gyntaf. Mam wirion, wiw. Yn adrodd Gweddi'r Arglwydd yn ei munudau olaf un. Yr holl ffydd 'na. Mi oedd hi'n cofio pob gair hyd yn oed ag effaith y morffin yn driog ar ei thafod hi. A finna'n teimlo'n flin hefo hi. Yn ei darostwng ei hun. Yn erfyn ar yr Hollalluog Anweledig 'ma a oedd yn anwybyddu'i gwewyr hi.

Dwi'n deall yn well heddiw. Mi oedd Mam wedi'i gweld hi. Cred yn Nuw a gwna dy waith. Mor syml â hynny. Gobaith o anobaith. Y Bywyd Tragwyddol. Mynd i Le Gwell. Eiddigeddus ydw i. Yn medru deall ond yn methu gweld. Methu gweld ymhellach na'r pridd gwlyb 'ma. Caead arch a chynrhon...

'Ti'n dawel iawn. Ti'n ocê?'

Fi ddyla fod yn gofyn hynny i Ceri. Dwi'n gwasgu'i law oer o. Teimlo'n bitsh hunanol. Teimlo'n hunandosturiol. Trio egluro. Bodia' 'nhraed i 'fath â brics.

'Petha fel'na ydi cnebrynga', de? D'atgoffa di...'

'Dy fam.'

Fedar o ddim teimlo'n union 'run fath ynglŷn â'i dad. Mae Ceri wedi galaru eisoes. Am y blynyddoedd coll. Dyn fel Dad oedd ei dad yntau. Hen deip. Hen ragrith. A'r Hen Destament. Yn gymaint rhan o'u cynhysgaeth ag asiffeta a sgwennu ar lechan. Yn glynu fel ofergoel. *Ac na orwedd gyd â gwrryw, fel y gorwedd gyd â benyw...*

Does 'na neb addfwynach na Ceri. Mae o'n gariad. Yn yr ystyr buraf. Fel cwtshys plentyn a swsus nain. Mi fyddai hi'n haws priodoli rhai o'r pechodau marwol i Winni ddy Pŵ. Gwerth deg o ddynion fel ei dad. Y blaenor Methodist a anfonodd ei fab bach pedair oed i'r Ysgol Sul hefo 'Duw, cariad yw' yn dynn ar ei dafod. Ac a drodd ei gefn arno'n hogyn pedair ar hugain hynaws – a hoyw – wedi i Ceri ddarganfod gwir ystyr y gair 'cariad' drosto'i hun.

A rŵan hyn, wrth edrych ar Ceri drwy niwl fy hiraeth hunanol fy hun, dwi'n sylweddoli'n sydyn pa mor anodd ydi hyn i gyd iddo fo. Nid cadw wyneb ydi hyn. Nid mynd drwy'r mosiwns. Nid dod â thorch o lilis yn unig. Mae'r glaw wedi crio i'r inc ar y cerdyn bach: *Dwi'n eich caru chi, Dad. Cerwyn.* Nid Ceri. Nid yr enw mae'i ffrindiau yn ei ddefnyddio. Y rhai sy'n ei garu. Yn ei adnabod. Rhy debyg i enw hogan. Hyd yn oed heddiw, mae Ceri'n ofalus. Neu'n enwedig heddiw. Oherwydd heddiw. Dwi'n meddwl amdana' i a Cit. Yn sylweddoli faint mae hi'n ei olygu i mi. Fedrwn i byth gau Cit allan o 'mywyd.

'Ty'd, Ceri.'

Mae'i fraich o'n teimlo'n denau drwy lawes ei siwt. Ddysgodd o erioed sut i beidio caru'i dad. 'Dan ni'n cerdded rhwng y beddi, yn cefnu ar y twmpath o bridd newydd sy'n dywyllach ei liw oherwydd y glaw. Bygythiol. Fel anghenfil o dwrch daear a'i draed yn llonydd.

Saif un o chwiorydd Ceri ar ganol y llwybr fel angel denau, ddu mewn ffrog 'dat ei thraed. Mae'r olwg ar ei hwyneb hi'n perthyn i'r oes a fu, yn gwneud i mi feddwl am gymeriadau Daniel Owen. Mae ganddi hithau gywilydd hefyd. Bod ganddi frawd hoyw.

'Cofiwch ddŵad i'r tŷ am banad wedyn.' Wrth y ddau ohonon ni. Fel pe na bai Ceri'n neb o bwys. Cofiwch ddŵad. Mewn llais plîs-peidiwch. Perlau bach o law ar ysgwyddau Ceri. Perlau-pen-pin yn dryloyw yn erbyn y duwch. Yn hardd.

'Diolch.' Fi sy'n siarad. Dweud rhywbeth. O ran cwrteisi. Er mwyn cael esgus i edrych eto ar ei hwyneb hi. Mae hi'n ddiddorol o ddi-serch ac mae gen i awydd digywilydd cofio llwyd ei llygaid hi sydd fel cerrig-glan-môr a'u rhoi nhw yn fy nofel yn rhywle.

Mae'r chwaer arall â'i chefn aton ni. Dwmpen fechan ddi-siâp mewn teisen o het. Dydi'i siaced hi ddim yn union yr un du â'i sgert. Bwriadodd roi siwt at ei gilydd a methu. Try'i hwyneb dyfrllyd at Ceri a mwngial rhywbeth drwy'i hances am 'Dad bach'. Hulpan ydi hi. Mae gen i bechod uffernol dros Ceri. 'Ngwas gwyn i. Dwi mor falch ohono fo. O'i urddas o. O'r hyn ydi o.

Yn falch ein bod ni'n fêts.

Yn gadael y chwiorydd i'w potas. Yr angel ddu a'r dwmpen gron.

Dydi dillad parch ddim yn gweddu i bawb.

11

Bwthyn oedd o. Lle bach blêr. Tu mewn a thu allan. A'r ardd yn ei phlesio'i hun, yn fwng o dyfiant gwyllt fel hen lew nad oedd dofi arno bellach. Gardd nad oedd yn cydymffurfio. Fel Johann ei hun. Yr enaid aflonydd yn byw mewn tŷ rhent. Yn syllu i'r lle tân brics a'r rheiny wedi eu paentio'n frown lliw siocled; paent gwyn rhwng y brics wedyn, fel hufen mewn teisen. Hufen cogio. Hufen rhy wyn. Lle tân pobol eraill yn gwneud i mi feddwl am deisen siop. Chwaeth pobol eraill fel jôc sâl yng nghanol llanast creadigol un o ddarpar arlunwyr enwoca'i gyfnod.

Ond doedden ni ddim yn gwybod hynny. Nag oedden?

Dim ond ni oedden ni.

Bryd hynny.

Hyd yn oed yn yr haf mi oedd sŵn y gwynt yng nghorn y simdde.

Gwynt o'r môr yn geg i gyd.

Mi fuon ni'n gorwedd yno droeon. Dychwelyd o hyd i flerwch cynnes y gwely a'n haroglau ni rhwng plygion y cynfasau. Gorwedd a gwrando ar y gwynt yn y corn. Ar y môr yn dynwared sŵn tecell yn ffrwtian. Haul gwydrog caled yn disgyn yn siwrwd i'r tonnau. Finna'n codi at y ffenest fechan uchel a'r môr yn ei llenwi. Fy nhrwyn yn erbyn y gwydr. Y wal gerrig yn oer yn erbyn fy mronnau noeth. Gwybod ei fod o'n edrych arna i hefo llygaid arlunydd. Mwynhau gwres y llygaid hynny ar fy meingefn. A gadael i'r gynfas wen oedd am fy nghanol lithro dros gefnau fy nghluniau i'r llawr.

'Mae'r stafell 'ma'n rhy fychan i ti, Mared. Mi wyt ti angen y traeth i gyd.' Ei ddwylo'n gynnes. Yn cwpanu'r blys yn fy mronnau oer. 'Aphrodite. Yn codi o'r ewyn.' Ac mi oedd ysgafnder ei fysedd fel cusanau brwsh ar ganfas. 'Gad i mi dy baentio di.'

Gwyddwn nad oedd o'n cellwair rŵan. Ac roedd gen i ofn ei daerineb. Ofn fy swildod fy hun. Ofn caniatáu. Nes addawodd o.

'Fy llun i fydd o. Dim ond i mi. Dim ond edrych arno fo fydd raid i mi'i wneud wedyn er mwyn dy garu di. Hyd yn oed os na fydda i'n gallu dy gyffwrdd di...'

Mi oedd cymaint o dristwch yn y geiriau hynny. Mi fyddai Johann yn mynd. Yn symud ymlaen. Doedd ein bywydau ni ddim yn mynd i'r un cyfeiriad. Roedden ni'n dau wedi bod yn ymwybodol o hynny o'r dechrau ond doedden ni erioed wedi dweud y geiriau. Wrth adael iddo fy mhaentio i roeddwn i'n ei ryddhau o. Dim clymau. Dim cymhlethdodau. Hwda, Johann – rhywbeth er mwyn i ti gofio amdana i... Ond roedd yr haf hwnnw'n un o hafau hapusaf fy mywyd i. Rhyw haf diofal o fyw a charu i'r eithaf fel pe bai pob dydd yn rhodd. Ac onid oedd hynny'n wir, beth bynnag? Roedden ni'n gwneud y gorau ohoni, fel deuddyn ar drengi.

Mi oedd y ddealltwriaeth ddi-eiriau 'ma rhyngon ni fel drws cilagored. Cymal rhyddid anysgrifenedig: pan ddaw'r adeg, mi fyddan ni'n gwybod. Heb ddweud. Heb ddagrau. Dim ond cilio. Jyst fel'na. Pellhau heb rwygo dim byd. Gollwng rhaff a drifftio. Heb angen egluro. Heb chwerwedd.

Mynd pan fyddai hynny'n teimlo'n beth iawn i'w wneud.

Weithiau mi oedd yna chwithdod. Pan eisteddwn i iddo. Pan baentiai yntau. Ond ychwanegiad oedd hynny. Miniogi'r synhwyrau. Yr awch am ein gilydd. Pob caru'n well na'r tro cynt. Byth yn sicr pa dro fyddai'r ola'. Mi oedd 'na rin i'r cyfan. Hud. Gwefr. Byw chwedl. Byrhoedlog.

Am nad ydi breuddwyd i fod i bara.

★ ★ ★

Un o'r nosweithiau hynny. Balmaidd. Ochneidiau pycsiog yr awel wrth i'r ddaear ollwng ei gwres. Anadliadau bach. Rhyddhad y dydd yn amlwg. Fel dynes hardd yn llacio'i staes yn y tywyllwch. Cynyrfiadau'n aeddfedu gwedd pwll hwyaid o fôr.

Noson i wisgo ffrog.

'Ti'n ddel mewn gwyn.'

Ond nid yn wyryfol. Y deunydd oedd felly. Y cotwm glân. Pur. Bron yn dryloyw. Oddi tani roeddwn i'n noeth. Ffrog hir, hafaidd. Llinynnau bach o strapiau. Isio iddo 'nghyffwrdd i. Teimlo'n hyderus. Yn fenywaidd. Godre'r ffrog yn goglais fy fferau.

'Mi oedd Mam yn gwisgo ffrog,' meddai Johann yn dyner, 'y tro ola i mi ei gweld hi.'

Doedd o erioed wedi sôn amdani wrtha i cyn hyn. Er 'mod i wedi clywed yr hanes. Tameidiau o sgyrsiau nad oeddwn i i fod i'w clywed ers talwm. Plentyn yn codi'r briwsion o glecs yr oedolion o 'nghwmpas i. Clustiau moch bach. Aethpwyd ag Anna Roi i ysbyty'r meddwl pan oedd Johann yn naw oed. Yn rhy hen i beidio cofio. Dim digon hen i ddeall. Finna, pan glywais i'r stori, yr un oed ag oedd Johann pan aeth ei fam o i ffwrdd. Mi oedd gen i ofn dychmygu, hyd yn oed, sut deimlad fyddai cael peth felly'n digwydd i mi. A daeth Johann ei hun yn rhyw fath o arwr trasig i mi. Mi fyddwn i'n ei weld o weithiau o bell – y llanc main hwnnw yn ei arddegau, eisoes yn ddyn yn fy llygaid i. Roedd 'na rywbeth yn wahanol ynddo hyd yn oed yr adeg honno – rhyw ramant pell. Mi fyddwn i'n gwau straeon o'i gwmpas o a'u cadw yn fy mhen, anturiaethau i'w hail-fyw eto ac eto yn fy nychymyg. Rŵan roedd o'n arwr tyner. Fel tywysog mewn stori dylwyth teg.

Mi oeddwn i'n cofio hyn i gyd wrth gyffwrdd yn ei law o. Yn teimlo rhyw gyfrifoldeb od drosto, teimlo y dylwn i ei rwystro rhag codi'r caead ar ei gyfrinach. Roedd gen i ofn yr hyn a roddai gymaint o loes iddo fo. Ond roedd rhan ohono i'n dyheu am gael gwybod ei stori. Y rhan oedd yn mynnu cadw'n ddistaw er mwyn rhoi llonydd iddo siarad. Mi oedd hi'n noson olau. Yr haf ar fysedd popeth.

'Ffrog hardd. Sidan. A blodau arni.' Doedd Johann ddim yn edrych arna i. Dim ond ar y môr. Edrych allan. Tra'n edrych i mewn. Chwilio'i gof am luniau'i fam.

'Mae hi'n swnio'n hyfryd.' Ond roedd fy llais i fy hun yn annigonol. Yn disgyn yn denau ar fy nghlustiau. Y geiriau'n annigonol hefyd.

'Mi oedd hi'n edrych fel tylwythen deg. Y lliwiau. Lafant a lelog. A hithau'n crwydro'r ardd ynddi… fel blodyn ei hun…' Trodd Johann ata i'n sydyn, ei lais yn ysgafnu'n annaturiol. Yr hiraeth yn ei lygaid yn ei fradychu. 'Mi oedd hi'n ffrog mor anymarferol, ti'n gweld.' Daliodd ochenaid yn dynn yn ei wddw. 'Ffrog ar gyfer achlysur arbennig oedd hi. Ffrog mynd i barti. I gyngerdd. I ddawns. A'r ffrilen ar ei godre hi. Fel ffrwydriad o siampaen.' Gwenodd bron yn swil. 'Ac yn gwneud i minna siarad fel bardd!'

Gwasgais ei law o'n dynnach. Y bysedd hirion 'na.

'Mi wyt ti'n fardd. Bardd lluniau.'

'Dibynnu be' sy gen i'n destun!' Ac ymylodd y wên ar chwerthiniad. Ond roedd hanes y ffrog ar ei hanner. Roedd arno isio dweud. Y ffrog yr oedd ei fam yn ei gwisgo'r tro ola' iddo ei gweld. Wnes i ddim pwyso arno. Fo'i hun ddychwelodd at ei stori.

'Doedd ganddi le'n byd i fynd iddo mewn ffrog fel'na.' Meddalodd ei lais. Ei lygaid. 'Doedd ganddi ddim hawl bellach ar y fath grandrwydd.'

'Bellach?'

'Doedd 'na ddim partïon crand. Dim cyfoeth. Nid fel ers talwm. Mi oedd Mam yn dod o deulu cefnog, ti'n gweld. Busnes mewnforio yn Rotterdam cyn y rhyfel. Mi gollon nhw longau pan fomiwyd y porthladd. Colli'r cyfan. Aeth Mam o fod yn ferch ifanc freintiedig i fod yn dlawd. Gorfod mynd allan i weithio. Merch gafodd ei magu mewn tŷ crand lle'r oedd morynion. Ma' hynny'n waeth, am wn i, na chael dy eni heb ddim. Gorfod crafu byw ar ôl cael dy fagu'n ledi.' Tawelodd Johann yn sydyn fel pe bai'r lluniau yn ei feddwl wedi rhoi'r gorau i droi. Roedd cysgodion yn cau amdanon ni. Cyfnos. Y machlud yn stremp ar draws yr awyr fel gwythïen wedi byrstio. Wyneb Johann yn bellach oddi wrtha i oherwydd y tywyllwch. Yn aneglur. Y nos fel llen. 'Y ffrog grand honno oedd yr unig beth oedd ganddi i'w hatgoffa o'i hen ffordd o fyw. Dyna'i dihangfa hi wedyn. Gwisgo'r ffrog. Doedd 'na ddim byd arall ar ôl.'

Ceisiais ddychmygu'i fam o, y wraig denau, drist 'ma, a'i gorffennol yn glymau ym mhatrwm ei ffrog. Yr un mor fain â phan oedd hi'n eneth. Ond yr wyneb yn flinedig. Dwylo cochion, croensych. Dwylo ag ôl gwaith arnyn nhw. Dwylo hŷn na'u hoed.

'Erbyn y diwedd roedd hi'n gwrthod ei thynnu hi.'

Y diwedd. Pan aethon nhw â hi i ffwrdd.

'Doedd hi ddim hyd yn oed yn lân erbyn hynny. Godre'r sidan yn dechrau breuo...' Cliriodd ei wddw'n sydyn fel pe bai'r gair ola'n sownd yn ei lwnc. 'A felly dwi'n ei chofio hi...'

Edrychais ar y cysgodion yn plethu'n fasg dros ei wyneb o yn yr hanner-gwyll.

'Ti'n gwybod be ddylet ti ei wneud, yn dwyt, Johann?' Hefo'r atgof. Yr hiraeth. Hefo llun y ffrog oedd yn drwm ar ei feddwl.

Ond doedd o ddim am ei ddweud o. Ddim am ryfygu. Disgwyliodd wrtha i, fel petai hynny'n gwneud pethau'n iawn. Yn bosib. Gwyddai beth oedd yn dod nesaf.

'Paentia hi, Johann. Paentia'r ffrog. Mae'r llun yno'n barod. Yn dy ben di. Paentia. Pe bai hynny'n ddim ond i ryddhau bwganod...'

Roedd ei wefusau'n boeth, farus ar fy rhai i wedyn. Ei fysedd yn tylino fy nghorff trwy ddeunydd tenau fy ffrog wen innau. Llithrodd y strapiau main yn gelfydd dros f'ysgwyddau a theimlais awel fach y nos yn cusanu fy mronnau noeth. Roedd 'na rywbeth mwy trist nag arfer yn y cyd-ddyheu hwnnw: y caru gwyllt, gorffwyll oedd yn ein clymu ni. Ond dros dro fyddai hynny bellach. Roedden ni'n dau'n ymwybodol o hynny eisoes. Roedden ni'n dau'n gwybod. Byddai Johann yn mynd i chwilio am ei freuddwyd fawr.

Ac i mi, efallai, oedd y diolch am hynny. Am ei ollwng. Ei annog. Ei annog i baentio'r llun a'i gwnaeth yn enwog. Y llun a roddodd iddo'r hyn a roddodd *Lili'r Dŵr* i Monet, a *Blodau'r Haul* i Van Gogh. Y llun ag ynddo ryw hud tu hwnt i frwsh ar ganfas. *Y Wisg Flodau* roddodd Johann Roi ar fap arlunwyr difrif y byd.

12

Mae hi'n amser i Dad fynd yn ei ôl adra. Mae o'n dechrau aflonyddu, dyheu am ei bethau'i hun o'i gwmpas. Arwydd da. Mae o'n eistedd yn y stafell gefn lle mae'r drysau gwydr yn agor allan i'r ardd. Daw'r haul i mewn yn rhubanau drwy'r bylchau yn y bleinds.

'Mi fydd yn amser i ti dorri'r lawnt 'ma gyda hyn.'

Dwi'n gwybod. Ond does arna i ddim isio gwybod. Mae gen i beiriant torri gwair dieflig a swnllyd sy'n gollwng mwg fel giatiau Uffern. Does arna i ddim isio mynd ar ei gyfyl o. Ac mae gen i bethau gwell i'w gwneud. Sgwrio lloriau. Sychu sgyrtins. Sgwennu fy nofel, hyd yn oed. Ia, honno. Dwi wedi dod yn erbyn Y Wal eto. Y Rhwystr Mawr. Fy meddwl i'n cau agor ac ildio.

'Panad, Dad?'

Y geiriau hud. Ac efallai, heddiw, bod mwy o hud ynddyn nhw nag arfer, o achos mae o'n cydio'n sydyn yn fy llaw i wrth i mi fynd heibio.

'Diolch i ti, 'mechan i.'

Mae'r geiriau'n cynhesu 'mochau i. Yn annisgwyl. Dwi'n syfrdan, swil, yn ei garu o'n sydyn ond yn methu â dweud wrtho.

'Be haru chi, dwch? 'Dach chi'n gwbod nad oes dim isio i chi ddiolch i mi...'

'Oes,' medda fo'n araf. 'Chdi, a'r fechan, ydi'r cyfan sydd gen i...'

Y fechan. Dyna fydd Cit iddo tra bydd o. Dwi'n sylweddoli'n sydyn bod ei lygaid o'n llaith.

' ...a chi'ch dwy fydd pia bob dim ar f'ôl i, yr hen fynglo cw a...'

Fel hyn bydd o ar yr adegau prin pan fydd o dan deimlad. Mae o'n digwydd yn amlach ers pan gollodd o Mam.

'Dowch, rŵan, Dad bach! Peidiwch â dechra siarad fel'na!'

'Pam lai? Dyna'r gwir. A dwi ddim yn mynd yn ddim fengach. Wyddost ti be, dwi 'di meddwl lot am dy fam druan yn ystod yr wsnosa' diwetha 'ma...'

'Do, siŵr iawn.'

'Yn enwedig cyn i mi fynd i mewn i gael yr hen oparêsion 'ma...'

Mae ein llygaid ni'n cyffwrdd ac mae arna i isio gafael amdano fo'n dynn, dynn. Dwi'n meddwl yn sydyn am Ceri a'i dad. Cit ac Eic...

'Dach chi'n werth y byd, Dad. Ac mae hi wedi bod yn blesar i'ch cael chi yma, cofiwch...'

Nid yr holl wir, efallai, ond mae hi'n teimlo felly rŵan beth bynnag.

'Ond mae hi'n hen bryd i mi feddwl am hel fy mhac bellach. Dwi wedi dŵad yn ddigon sionc erbyn hyn, wel'di.'

'Ia, ond...'

'Ond dim byd, 'ngenath i. Os arhosa i yma rywfaint hirach mi fydd golwg ar yr ardd acw fel sy gen ti yn fama!'

* * *

Mae hi'n od o dangnefeddus yn y tŷ. Efallai bod gan y sgwrs fach 'na gynnau rhwng Dad a fi rywbeth i'w wneud â'r peth. Sefydlu'r dedwyddwch. Rhoi rhyw deimlad braf i mi. Ac roedd arna i ei angen o. Mae'r dydd wedi 'mestyn a'r haul hwyr yn dal i oleuo'r stydi. Dwi wedi llwyddo i orffen y bennod oedd gen i ar y gweill. Golygfa garu dyner. Neis. F'atgoffa o'r hyn sydd ar goll yn fy mywyd fy hun. Ond dwi'n teimlo'n well, serch hynny. Yn garedicach tuag at bopeth am ryw hyd eto. Dwi hyd yn oed yn ystyried mynd i'r afael â'r ardd. At yr wythnos nesa, efallai.

Mae hi'n ddistaw heb Cit. Mae hi'n aros noson hefo Eic. Dod adra'n nes ymlaen heno.

Ac mae'r ffôn yn canu.

'Mam? Dwi am aros noson arall hefo Dad os ydi hynny'n iawn…?'

Ond y saib. Y distawrwydd od 'ma. Yr hyn nad ydi hi'n ei ddweud…

'Ti'n iawn, Cit?'

'Ydw, siŵr iawn.' Ac eto dw inna'n argyhoeddedig fy mod i'n clywed 'nac ydw' yn y geiriau hynny. Ceisio fy narbwyllo fy hun wedyn fy mod i'n gor-ymateb.

'Peidiwch â phoeni, dydi Rita ddim yma.'

'Pwy…?'

'Blondan Dad.' Ac oni bai 'mod i'n ofni bod rhywbeth arall, mwy peryglus, ymhlyg yn llais Cit, mi daerwn bod ynddo fo dinc bach o glochdar hefyd pan ychwanegodd hi:

'Dydyn nhw ddim hefo'i gilydd rŵan!'

Mae hynny, o leia, yn egluro mwy ar ei pharodrwydd

hi i aros yn nhŷ Eic. Ond mae yna rywbeth arall. Mi fedra i ei deimlo fo. Rhyw hen anesmwythyd ym mêr fy esgyrn. Am yn hir, hir dwi'n methu'n glir â gosod y ffôn yn ôl yn ei grud. Fel pe bai dal ei gynhesrwydd plastig yn fy llaw yn cadw Cit yn nes am ychydig bach eto.

'Mared! Ty'd! Brysia...!' Dad o'r stafell fyw fel pe bai'i din o ar dân. Neu waeth. Codwm. Trawiad. Mae o mewn oed lle mae'r pethau 'ma'n fwy tebygol. Dwi'n baglu i'r stafell a 'nghalon fy hun yn methu sawl curiad.

'Dad, be sy...?'

Ond dydi o ddim yn mesur ei hyd ar lawr ac yn ffrothio o gwmpas ei geg. Dydi o ddim yn gafael yn ei frest a'i lygaid o'n rowlio yn ei ben o. Fi sy bron â gwneud hynny.

'Sbia. Dy artist di.'

Mae o'n syllu'n farus i sgrîn y teledu fel pe bai o'n paratoi i wylio teirw'n ymladd. Nid yn y gelfyddyd mae'i ddiddordeb o, wrth gwrs. Mi oedd yr arlunydd enwog 'ma unwaith yn llefnyn hirwallt digyfeiriad a fu'n byw yn ei bentre o ers talwm. Onid oedd o'n nabod yr hipi blêr hwnnw fu'n cyboli hefo'i ferch o flynyddoedd yn ôl? Hwnnw wnaeth ei ffortiwn, wrth gwrs. Pwy feddylia? A rŵan mae o wedi marw ac mae'n rhaid bod 'na stori ddifyr i'w dweud amdano fo oherwydd eu bod nhw wedi gwneud rhaglen deledu amdano fo. Yr Johann Roi ddai-i-ddim hwnnw ers talwm. Dew, sôn am dro ar fyd!

Mae'r peth-da *rum-and-butter* yn bolio'n grwn yn ei foch o.

'Meddylia – tasat ti wedi sticio hefo hwnna...'

'Mi faswn i'n wraig weddw erbyn heddiw, baswn, Dad!'

Efallai bod fy llais i'n ddiangen o hallt ac mae o'n gwingo'n sydyn fel petai o newydd frathu'i dafod. Ond dwi'n ddiedifar. Wyddai 'nhad erioed faint o feddwl oedd gen i o Johann. Sut berthynas fy rhyngon ni...

Mae hi'n rhaglen dda. Ar gyfer deallusion. Neu, o leia, rhai â chanddyn nhw ryw gymaint o chwaeth. Ymhen munudau, mae Dad yn chwyrnu'n ysgafn, y peth-da yn dal yn sownd yng nghornel ei foch o. A dw inna'n gwrando. Yn rhyfeddu at ddawn y dyn 'ma a fu unwaith yn gariad i mi. Maen nhw'n trafod gwahanol ddarluniau, y rhan fwyaf ohonyn nhw'n newydd i mi, yn ddiarth. Ond mae'r drafodaeth yn dychwelyd o hyd at *Y Wisg Flodau* a dwi'n teimlo'r iasau rhyfeddaf yn fy ngherdded. Dwi'n gwybod o lle daeth y llun hwnnw. Yn gwybod am yr hiraeth a'r chwithdod a esgorodd ar dynerwch y lliwiau. A dim ond trwy ddamwain y gwelais i'r llun hwnnw am y tro cyntaf. Amser maith yn ôl. Pan fu amser maith bryd hynny hefyd ers pan fu Johann a finna'n gariadon. Unwaith yn unig y gwelais i o wedyn, ac roedd pedair blynedd dda wedi mynd heibio ers hynny hefyd. Roeddwn i'n rhan o fyd arall rŵan. O fywyd arall. Erbyn hyn, roeddwn i'n fam. A bron iawn yn ysgaredig hefyd, er mai dim ond pedair oed oedd Cit. Doedd gen i mo'r egni bellach i gystadlu â'r merched eraill ym mywyd Eic. Mo'r egni na'r awydd. Ar y dechrau, pan gafodd o'i ffling cyntaf, yn ystod blwyddyn gyntaf ein priodas ni, mi wnes i golli arna i fy hun. Bygwth ei ladd o, a thynnu'i llygaid hithau. Mi oedd ots gen i'r adeg honno. Ond roeddwn i hefyd yn feichiog hefo Cit, ac yn araf bach mi oedd y bol 'ma oedd gen i wedi dechrau llenwi mwy na 'nillad i. Llanwodd fy myd i hefyd. A doeddwn innau, pe bawn i'n gignoeth o onest, ddim wedi gadael digon o le ar gyfer Eic yn y byd hwnnw. Yn fuan wedi geni Cit deuai Eic adra hefo persawr merched eraill yn ei wallt. Ac oedd, mi oedd yna fwy nag un. Nid yr un persawr oedd o bob tro. Ond rhywsut, mi ddaeth yn haws gen innau anwybyddu'i grwydriadau o. Yn y bôn, doedd y merched 'ma'n golygu dim iddo. Doedd o ddim mewn cariad hefo nhw. Antur oedd o isio o hyd. Rhyw. Bwydo'i ego gwrywaidd. Sicrwydd bod o'n dal i allu denu'r merched i'r gwely. Ond dagrau pethau yn y diwedd oedd bod Eic ei hun yn mynd i olygu llai a llai i mi'n ogystal. Doedd arna i mo'i isio fo. Yn fy ngwely. Yn fy mywyd.

Nid bai Eic oedd y cyfan. Efallai nad oedd bai ar Eic o gwbl. Camgymeriad oedd ein priodas ni. Camgymeriad o'r cychwyn cyntaf...

Dwi'n cofio'r diwrnod yn iawn. Y diwrnod y gwelais i lun Johann. Mis Gorffennaf oedd hi. Mi wn i hynny oherwydd 'mod i'n chwilio am gerdyn pen-blwydd i Mam. Mi oedd Cit wedi taflu i fyny yn y car ar y ffordd i Fangor ac mi oedd yn rhaid i mi brynu crys-T newydd iddi er mwyn iddi fod yn lân cyn i ni ddechrau crwydro'r siopau. Rhyfedd nad ydi'r atgofion melysaf bob amser yn bersawrus! Mi luchion ni'r crys budur i fùn cyfagos am ei fod o'n drewi cymaint, a cheg Cit, yn goch i gyd ar ôl y *cherryade* felltith a oedd yn gyfrifol am yr holl lanast, yn ymestyn yn wên fawr wirion fel clown mewn syrcas:

'Cardyn i Nain rŵan, Mam,' meddai hi'n angylaidd a'r ddwy 'r' fach ansicr yn rowlio'n ddel oddi ar ei thafod hi a gwneud i mi faddau popeth iddi.

Aethon ni i siop gardiau chwaethus. Cardiau heb sgwennu arnyn nhw. Morluniau. Tirluniau.

Ffotograffau. Printiadau o ddarluniau enwog. Ac ymhlith y rheiny y gwelais i o. Llun o freuddwyd. Bron y gallwn i fod wedi estyn fy mysedd a'u trochi ynddo fo, fel cyffwrdd mewn rhith. Rhith oedd o, bron. Y llun 'ma. Neu rhith efallai oedd yn gwisgo'r ffrog, nad oedd hi chwaith yn ffrog ond yn blethwaith synhwyrus o betalau a hiraeth. Dyma'r darlun. Doedd dim dwywaith. Hyd yn oed cyn i mi droi'r cerdyn a darllen yr hyn a oedd ar ei gefn o, rhoddodd fy stumog dro bach sydyn. *Y Wisg Flodau* gan Johann Roi. Roedd arna i isio crio.

Mae'r rhaglen awr yn dirwyn i ben ac mi fydd yn rhaid i mi ddeffro Dad cyn bo hir iawn rhag iddo fo lyncu'r peth-da caled 'na yn ei gwsg a chreu mwy o helbul i mi. Mi wna i mewn munud. Mae o'n iawn am rŵan. Dim ond i mi gadw llygad. Ac mae'n bwysig fy mod i'n cael llonydd i wylio'r rhaglen rŵan. Mae'n rhaid i mi gael gweld, clywed, deall popeth am y dyn 'ma fu unwaith ŷn rhan mor fawr o 'mywyd i. Ac mi ga i grio os bydda i isio heb i neb sylwi. I ddathlu'r ffaith honno dwi'n tywallt gwydraid o win i mi fy hun o'r botel ar y bwrdd isel.

Ond dydw i ddim yn ei yfed o. Maen nhw'n dangos cip sydyn o'r arddangosfa sydd yn yr arfaeth er cof am Johann Roi, yr Iseldirwr o Gymro fydd yn cael holl sylw'r byd celf am yr wythnosau i ddod oherwydd ei farwolaeth annhymig. Mae'i luniau o'n dod i Gymru, ar fenthyg. Ac mae yna un llun arbennig iawn yn eu plith nad yw'r byd wedi'i weld o'r blaen. Un o'i luniau cynharaf.

Llun merch noeth.

13

Brân unig, groch, gysetlyd yn peri bod y myllni'n fwy sinistr. Felly bydd pethau o flaen storm. Mae terfysg ynddi hi ers neithiwr, yn bygwth o bell. Ond thorrodd hi ddim. Fedrwn i yn fy myw gysgu, dim ond gorwedd yn chwyslyd effro tan yr oriau mân a dillad y gwely'n drwm. A fedra i ddim peidio meddwl o hyd am y rhaglen 'na neithiwr ar Johann. A'r llun. Y llun noeth ohono' i. Yr un nad ydw i fy hun erioed wedi'i weld. Rŵan mi fydd pawb yn y byd â chyfle i rythu arno. Mae'r holl syniad yn fwy na fi. Yn ddychryn. Yn gwneud i mi feddwl yn wyllt am bob mathau o bethau.

Ond dwi'n dewach rŵan nag oeddwn i bryd hynny. Mae 'ngwallt i'n wahanol. Fy llygaid i'n hŷn.

Rhyw damaid o hogan fydd yn y llun. Main. Ifanc. Ei bronnau'n dynn.

Mae 'na siawns go lew na fydd 'na ddiawl o neb yn fy nabod i. Mae hi'n debyg y ca' i drafferth i fy nabod fy hun. Felly pam ydw i'n poeni?

Callia, Mared Wyn. Wir Dduw.

* * *

Mae'r dafnau hyllion cyntaf yn disgyn hyd ffenestri'r car wrth i mi gychwyn yr injan. Tua diwedd y bore ddywedon ni, Cit a finna. Dim brys, Mam. Wir. Dwi'n ysu i'w gweld ers yr alwad ffôn 'na neithiwr. Mae 'na rywbeth nad ydi hi'n ei ddweud wrtha i. Ac mae Eic yn y brwas yn rhywle. Yn rhannu'r gyfrinach, beth bynnag ydi hi. Mae hynny'n fy nghnoi i hefyd. Be' ddiawl sy'n bod na fedar Cit rannu pethau hefo fi, yn enwedig ar ôl popeth 'dan ni wedi bod drwyddo fo'n ddiweddar? Mi oeddwn i'n meddwl bellach ein bod ni'n medru siarad am unrhyw beth. Bod yn agored hefo'n gilydd. O achos mae yna rywbeth. Dwi'n gwybod. Greddf mam yn cnoi tu mewn i mi. Fel fannodd. Yno-yno-yno.

Dydi o mo'r teimlad brafia'n y byd

★ ★ ★

'Ti'n gynnar.'

'Dwi reit dda, wir, diolch i ti am ofyn, Eic. A sut wyt ti, ta?'

Mae'r coegni ar goll arno fo. Golwg od arno yntau hefyd. Euog, efallai. Ond wedyn, be' sy'n newydd? Golwg euog fu arno fo erioed am rywbeth neu'i gilydd. Dyna dwi'n ei weld ar ei wyneb o bellach bob tro dwi'n sbio arno fo. Bob tro dwi'n meddwl amdano fo. Efallai mai arna i mae'r bai felly. Methu cael gwared â'r hen baranoia. Od, mewn ffordd. O achos nad ydw i'n malio'r un ffeuen bellach ym mistimanars Eic. Yr hyn mae Cit wedi'i ymddiried ynddo fo sy'n fy mhoeni i rŵan.

'Lle mae hi?'

'Trwodd yn gegin.'

'Ydi hi'n iawn, Eic?' Er bod y tyndra yn fy stumog i'n fy argyhoeddi'n wahanol.

'Wn i'm, duw...'

'Be' ti'n feddwl?'

'O, ryw dwtsh o'r hulps bora ma – ti'n gwbod sut bydd

hi weithia...' A rhyw sbio arna i'n hanner-cyhuddgar fel pe bai o'n lecio ychwanegu mai gen i mae hi wedi etifeddu'r hyfrydwch hwnnw.

Dydi o ddim wedi siafio. Ac nid rhyw ddilyn ffasiwn o dyfiant ydi o chwaith, ond esgeulustod. Dwi'n meddwl am Desperate Dan yn tanio matsys ar ei ên. Efallai nad ydi o'n euog wedi'r cwbwl. Dwi wedi gwneud cam â fo. Penisel ydi o, mae'n siŵr, am bod Rita wedi'i adael o. Dyna ddywedodd Cit, beth bynnag.

'Mam. 'Dach chi'n gynnar...'

'Chditha hefyd. Fasach chi'n lecio i mi yrru o gwmpas y pentra am ryw chwartar awr nes bydd hi'n unarddeg?'

Dydw i ddim yn ymwybodol fod fy llais i fel rasal nes 'mod i wedi yngan y geiriau. Mae'r ddau'n codi'u haeliau ar ei gilydd yn gynllwyngar ac mae hynny'n gwneud pethau'n waeth. Saith gwaeth. Cit yn ymddwyn fel pe bawn i'n fygythiad iddi. Fedra i ddim deall hynny. Y ffordd od 'ma sydd ganddi hi o osod pellter rhyngon ni eto. Nid a finna'n meddwl 'mod i'n haeddu medal go sgleiniog am fy mherfformiad fel Mam Fwya Cydymdeimladol a Chefnogol y Ganrif. Wel, enwebiad, o leia. Ac er fod arna i isio codi fy llais, dwi'n gwneud ymdrech lew i bwyllo. Nid chwalu pontydd ydi 'mwriad i.

Dwi'n eistedd wrth y bwrdd gyferbyn â Cit. Heb wahoddiad. Yn gobeithio nad ydi'r wên lydan, ffals dwi'n ei hoelio ar draws fy ngwep yn gwneud i mi edrych fel Hannibal Lecter.

'Wel? Oes 'na banad i gael?'

Dwi'n teimlo 'mod i wedi yfed galwyni o baneidiau-mewn-argyfwng yn ddiweddar. Cyfyd Cit i lenwi'r tegell.

Dwi'n chwilio am rywle glân ar y lliain bwrdd i osod fy mhenelinoedd. Mae'n rhaid i mi wneud hynny er mwyn osgoi'r demtasiwn o hel y briwsion i ganol y bwrdd hefo cefn fy llaw. Peth anghwrtais iawn yn nhai pobol eraill. Nid mor anghwrtais ag Eic chwaith, yn fy ngwahodd i eistedd yng nghanol y blerwch. Ac yna dwi'n sylweddoli'n sydyn na ches i ddim gwahoddiad. Dwi'n penderfynu anwybyddu'r briwsion. Y llestri budron yn doman o gwmpas y sinc. Mae 'na bethau llawer iawn pwysicach.

'Ma hi'n tranu,' medda Eic. Mae o'n troedio'n ofalus. Fo sy'n prysuro hefo coffi a chwpanau rŵan. Mae Cit fel petai hi wedi anghofio am bethau. Mae'r storm yn ei denu at y ffenest.

'Be 'dach chi'ch dau wedi bod yn ei neud, ta?' Mi fedrwn i ychwanegu – fel jôc, wrth gwrs – ei bod hi'n amlwg na fu'r un ohonyn nhw wrthi'n llnau, ond mae'n debyg mai cael ei gamgymryd fasai'r ysgafnder hwnnw fel rhywbeth mwy sinistr dan yr amgylchiadau. Taw pia hi. Efallai y dywedith rhywun rywbeth gyda hyn.

'Wyt ti'n cymryd siwgwr a llefrith yn dy goffi'r dyddiau yma?'

Oes 'na gymaint â hynny, felly, ers pan ddaru Eic banad i mi ddiwetha?

'Dim siwgwr, diolch.'

'Ma hi'n cymryd y tabledi bach 'na, yn tydach, Mam?'

Mae Cit wedi teimlo rhyw reidrwydd i ymuno yn y sgwrs rŵan.

'O, ia – ma 'na rai yma ar ôl...' Mi fedrodd ymatal rhag dweud 'Rita'. Bron na ddywedwn i bod golwg isio crio arno fo. Ac mae'n well gen innau chwerwder y coffi fel ag y mae o na thabledi sacarin Calamity Jane, diolch yn fawr. Welais i erioed mo Rita, y flondan dawnsio-llinell, ond mae'r darlun yn fy nychymyg i'n bur erchyll.

'Gymra i o'n ddu, diolch.' Am mai felly dwi'n teimlo.

'Be? Dim llefrith chwaith?'

Mae'r mân-siarad dibwys chwarae-am-amser 'ma yn dechrau rhygnu ar fy nerfau i. Y gegin flêr, y briwsion ar y lliain...

'Be ti wedi'i neud rŵan, Cit? Ma 'na rwbath yn bod, does? Eic, be sy wedi digwydd?'

Os ydi Eic yn gwybod yn barod, mae o'n gwneud joban reit dda o'i guddio fo. Ond wedyn, dweud celwydd fu un o'i gryfderau o erioed. Mae o'n eistedd yn drwsgwl yn y gadair gyferbyn. Yn darllen fy meddwl i. Neu'n hytrach yn dyfalu. Arfer oes.

'Wir, Mared. Mi wrthododd hi ddeud. Nes bod y tri ohonon ni hefo'n gilydd. Ynte, Cit?' Mae o'n edrych yn nerfus. Fel pe bai o newydd sylweddoli bod 'na rywbeth mawr ar fin digwydd.

Dydi o ddim yn bell o'i le.

'Mam, Dad... Dwi isio i chi addo peidio gwylltio...'

Dyma ni. Mae golwg rynllyd ar Eic. Mae o'n dechrau amau a fydd o'n gallu dal yr hyn ddaw nesa, ac os na fydd o, fedar o lwyddo i osgoi unrhyw gyfrifoldeb fydd yn debyg o ddod yn sgîl beth bynnag ydi'r Cyfaddefiad Mawr. Mae'r tensiwn yn glynu droson ni fel haenen o saim. Dwi'n dechrau meddwl o ddifri' a ydi Cit wedi lladd rhywun.

Mae Eic a finna'n sbio arni'n ddisgwylgar, bryderus. Mae o'n deimlad od. Yr ofn 'ma. Yn ein huno ni.

'Dwi'n disgwyl babi.'

Does 'run ohonon ni'n symud. Mae'r geiriau'n hofran o flaen ein llygaid ni fel gronynnau o lwch. Ŵyr Eic ddim oll am Dylan Lloyd. A fedra i, rŵan, feddwl am ddim oll heblaw amdano fo. A Cit. Cit, sydd wedi fy nhwyllo i...

'Sut fedrat ti, Cit? Ar ôl popeth...'

Ac mae hi'n gwybod, yn dydi, mai amdano fo dwi'n meddwl. Amdano fo a hithau. Dechreua wadu'n wyllt:

'Nid fo ydi'r tad. Dwi'n addo. Nid fo ydi o. Dwi'n gwbod mai dyna 'dach chi'n ei feddwl. Ond mi ydach chi'n anghywir. Wir yr, wir yr...!'

Mae'r ailadrodd gwallgo'n troi'n hysteria. Mae Eic yn dechrau edrych fel petai rhywun wedi'i hitio fo hefo padall ffrio.

'Fo? Pwy di'r "fo" 'ma? Ei chariad hi, ia?'

Ac yn sydyn, mae geiriau Eic yn ein parlysu ni'n dwy. Dydi o'n gwybod dim am yr helynt sy wedi bod. Nid rŵan ydi'r amser i sôn am hynny chwaith. Mae geiriau Eic yn ein gorfodi ni i sbio ar ein gilydd. I gofio'n cyfrinach. Geiriau Eic sy'n dod â ni at ein coed. Does wiw i ni golli'n pennau rŵan. Mae Cit yn sylweddoli hynny hefyd. Yn tawelu. Yn edrych arna i'n ymbilgar. Fy ewyllysio i beidio â dweud. Dw inna'n teimlo wedi fy nal yn y twyll 'ma. Eic ydi'r tad na fuo fo erioed yno. Na fuo fo erioed yn ffyddlon. I Cit mae fy nheyrngarwch i. Ynte? Pam felly fy mod i'n teimlo'r euogrwydd yn groen gŵydd drosta i? Ac mae'r ddwy ohonon ni'n sylweddoli ar yr un pryd nad oes neb wedi ateb ei gwestiwn o.

'Mi fuo ganddi rywun...'

'Mam, nid fo ydi...'

Mae Cit yn sbio'n sydyn ar ei dwylo. Yn methu mynd

ymlaen. Dydw i ddim yn cofio codi oddi ar fy nghadair, dim ond fy mod i ar fy ngliniau wrth ei hymyl ac yn crio hefo hi. Does dim ots am ddim byd arall: mae greddf mam yn cicio i mewn a dydw i ddim isio iddi orfod mynd drwy'r embaras o orfod egluro.

'Cit, ma hi'n iawn. Mi fydd bob dim yn iawn...'

'Dwi'm isio hyn, Mam.'

'Dwi'n gwbod, 'mechan i, dwi'n gwbod...'

'Na, go iawn, rŵan.' Drwy'r igian crio mae hi'n cael hyd i'w llais. ''Does arna i ddim isio'r babi ma a does gen i ddim bwriad o fynd drwy hyn, ocê?'

Mae'r gadair yn disgyn wrth iddi godi oddi wrth y bwrdd. Drws yn clepian. Fflach sydyn yn ffenest y gegin i'n hatgoffa ei bod hi'n storm o hyd. Ac Eic a finna yno wrth y bwrdd hefo'n gilydd a'r paneidiau'n oeri heb eu cyffwrdd. Mae hi'n anodd gwybod beth i'w ddweud nesa'. Mae Eic yn mentro hefo:

'Wel, wir Dduw...'

Dydw i ddim yn siŵr a ydi o'n fy nghyfarch i ai peidio. Dwi'n rhyw hanner-disgwyl iddo fo ddechrau gwamalu'n wirion ei fod o'n rhy ifanc i fod yn daid neu rhyw rwtsh tebyg. Dyna'i steil o. Ond nid heddiw, diolch i Dduw.

'Pwy ydi o, ta, Mar? Y boi 'ma?'

Ond dydw i ddim yn gwybod bellach. Nac'dw? Os nad Dylan Lloyd ydi o... Os ydi Cit yn dweud y gwir. Dwi'n trio meddwl lle cafodd hi gyfle i gyfarfod bechgyn eraill yn ystod yr wythnosa diwetha 'ma. Soniodd hi ddim am neb newydd. Mi fu hi'n mynd allan weithiau hefo rhai o'r genod. A rhyw ffrind newydd o'r coleg. Rhyw Caren. Mi arhosodd dros nos yn nhŷ honno unwaith. Bryd hynny y digwyddodd pethau, efallai. Dwi'n sbio'n onest ar Eic. Sgrytian fy sgwyddau. Ysgwyd fy mhen. Trio 'ngorau i gadw 'mhwyll.

'Wn i ddim, Eic bach. Yr hyn dwi yn ei wbod ydi bod raid i mi siarad yn gall hefo hi. Gneud yn siŵr ei bod hi'n... wel, yn siŵr.'

'Be ti'n feddwl?'

'Wel, sicrhau ei bod hi'n disgwyl go iawn, i ddechrau. Efallai'i bod hi wedi camgymryd. Mynd i banig. Ma'r petha ma'n gallu digwydd, stres a ballu...'

'Tybad?' Ac mae rhyw olwg led-obeithiol ar Eic am eiliad. Cyn iddo fo fy syfrdanu i hefo'i ddatganiad nesa'.

'Ond dwyt ti ddim isio meddwl amdani hi'n cael erthyliad, nag wyt, Mar? Hynny ydi, os ydi hi'n feichiog go iawn. Wn i ddim fedrwn i fyw hefo mi fy hun taswn i wedi rhoi 'mendith ar beth felly...'

'Eic? Wyddwn i ddim bod gen ti deimlada mor gry'...'

Mae 'na ddagrau yn ei lygaid o. Dwi'n teimlo'n od o chwithig a di-ddeall. A rhywbeth arall, annisgwyl. Rhyw dynerwch anesmwyth tuag at y dyn 'ma fu'n gariad i mi unwaith.

'Eic? Be sy?'

Dim ond ei henw hi mae o'n ei ddweud. Rita. A dwi'n deall yn sydyn.

'O ...Eic... ma ddrwg calon gin i...'

Ei dro yntau i sgrytio'i sgwyddau.

'Mi aeth hi tu ôl i 'nghefn i. Gneud. Wedyn deud.'

Dyna egluro pam nad ydi Rita o gwmpas bellach. Pam bod Eic yn edrych mor ddi-ffrwt. Pam, efallai, bod cwmni Cit wedi bod yn gysur iddo, a'i bod hithau wedi synhwyro'i iselder ac wedi dewis aros hefo fo'n hirach, a hyd yn oed trio'i dynnu i mewn i'w chyfrinach boenus ei hun. Ond mae hi'n amlwg na ŵyr hi ddim byd am y rheswm eu bod nhw wedi gwahanu neu fyddai hi ddim wedi dewis dweud wrthan ni'n dau am ei beichiogrwydd fel hyn. Hyd yn oed yn ei gwewyr fyddai Cit ddim mor ansensitif â hynny.

'Wn i ddim be i ddeud wrthat ti, Eic...'

'Ystyriest ti erioed mo hynny, naddo, Mar?'

'Be?' Ac yn sydyn, dwi ofn yr hyn mae o ar fin ei ddweud.

'Cael erthyliad. Pan est ti'n feichiog hefo Cit a ninna heb briodi...'

Y croen gŵydd 'na o euogrwydd eto. Pinnau mân drosta i. Does arna i ddim isio cofio hynny rŵan. Ddim isio trafod. Ac mae o'n dal ati.

'Dydi peth fel hyn ddim yn ddiwedd y byd, nac'di? Cit yn disgwyl. Fasa hi ei hun ddim yma, na fasa, heblaw bod yr un peth wedi digwydd i ti...'

Beichiogi cyn priodi.

Sâl.

Rhywbeth mwy na salwch y bore.

Y sawl a fu a ŵyr y fan.

14

Mi oeddwn i wedi bod yn canlyn Eic ers rhai misoedd. Dydw i ddim yn siŵr faint yn union. Roedd hi'n dynn ar flwyddyn. Canlyn yn selog. A finna isio'i gadw fo. Am ei fod o'n olygus. Yn gês. Yn gyffrous. Ac yn bennaf, am wn i, am fod pawb arall ei isio fo. Mi oedd hynny'n rhan fawr o'r peth, petawn i'n onest. Doedd 'na'r un o'r hogia eraill wedi llwyddo i wneud i mi anghofio Johann. Mi fyddwn i'n cau fy llygaid bob amser, hefo pob cariad newydd, er mwyn smalio 'mod i'n dal i fod yn ei freichiau o. Ond am y tro cynta, ddigwyddodd hynny ddim pan oeddwn i hefo Eic. Fo oedd y presennol i mi. Mi oeddwn i'n byw i'r funud, fesul munud. Ac oherwydd hynny mi oedd Eic yn lecio'r hyn oedd o'n ei weld: merch fywiog, fyrbwyll, fyrlymus. Oherwydd mai dyna oeddwn i. Mi oedd hi'n hawdd bod felly yng nghwmni Eic.

Gyrrai gar cyflym. Gwisgai siaced ledr. Mi oedd ei din o'n grwn ac yn dynn mewn denim. Gwnâi i mi chwerthin. Roedden ni'n edrych yn dda hefo'n gilydd. A ches i dim llawer o drafferth i f'argyhoeddi fy hun fy mod i'n ei garu o.

Ac roedd Mam yn hoff ohono fo. Gwyddai Eic sut i ennill calonnau merched o bob oed. Mi oedd o'n dod â blodau iddi. Wyau Pasg. Yn canmol ei chinio dydd Sul ac yn sylwi pan oedd ei gwallt yn wahanol. Mi oedd ei anwyldeb tuag at Mam yn ddigon diffuant. Dyna un o'i rinweddau – ei agosatrwydd. O, oedd, mi oedd Eic yn agos at sawl un erbyn y diwedd. Rhinwedd a drodd yn ffaeledd yn y pen draw.

Ond wedyn oedd hynny. Mi oedd ein carwriaeth yn gyffro i gyd ar y cychwyn – yn bennaf efallai am ein bod ni'n dau mor debyg bryd hynny. Mi oedd digon o fynd ynof inna i'w gadw yntau'n driw – am bwcs. Wnes i ddim oedi'n rhy aml i archwilio fy nghymhellion. Mi wyddwn i yn fy nghalon beth oedd y rheswm dros fy agwedd hedonistaidd tuag at fywyd. Ond doedd dim diben cnoi cil dros y gorffennol. Pennod wedi'i chau yn fy mywyd i oedd Johann Roi. Fyddwn i byth yn ei weld o eto.

Neu dyna a feddyliais i.

Meddwl. Peth meddal ydi o. Neu dyna un o hoff ddywediadau Dad. Wn i ddim am feddalwch meddwl. Ond mi oedd yna le tyner iawn yn fy nghalon i o hyd lle bu Johann. Yn tynnu dagrau pan gyffyrddwyd ynddo fel clais heb ddod i'r wyneb yn iawn. Dyna pam y gwnes i 'ngorau i beidio â'i gyffwrdd o. Rhag ofn. Gen i oedd y dewis. Tan y diwrnod hwnnw. Hap a damwain. Neu ffawd, efallai. Wn i ddim. Mae gormod o bethau nad oes egluro arnyn nhw. Fel y Tylwyth Teg. Thrafferthodd T.H. Parry-Williams ddim i chwilio am esboniad. Hei ddiawl! Be' oedd yr ots? Mi oeddan nhw'n bod. Fel mae cyd-ddigwyddiadau'n bod. Fel mae ffawd yn bod. Fel mae mae pethau od ac anhygoel yn digwydd. Y pethau rhyfedd 'ma ynon ni sy'n ein cymell i weithredu heb gynllunio o flaen llaw. Heb ystyried. Yn peri i ni ddilyn hen lwybrau.

Dyna'n union wnes i'r prynhawn hwnnw. Dilyn hen

lwybr. Doeddwn i ddim wedi bod ar gyfyl hen fwthyn Johann ers iddo fo fynd i ffwrdd. Beth oedd diben agor hen glwyfau? Mi oedd o wedi mynd i fyw ei fywyd ac roedd yn rhaid i minnau wneud yr un peth. Doedd dychwelyd i'r gorffennol i hel fy nhraed ddim yn mynd i fod o unrhyw les i mi. Ond y prynhawn hwnnw mi oedd Eic wedi trefnu i fynd i weld gêm bêl-droed hefo criw o ffrindiau a 'ngadael i, o ganlyniad, ar fy mhen fy hun. Ddaru ni ddim ffraeo. I'r gwrthwyneb. Mi rois i 'mendith ar y trefniadau er 'mod i wedi pwdu'n ddistaw bach bod Eic wedi dewis treulio dydd Sadwrn crwn cyfa hefo criw o gefnogwyr pêl-droed chwyslyd yn lle dymuno bod hefo fi.

Mi oedd hi'n wyntog ond yn gynnes ac mi es i allan i gerdded. Dilyn fy nhrwyn i ddechrau cyn cyrraedd y traeth. Môr yr hydref oedd o, er bod haul diwedd Medi'n ddewr o hyd, yn chwalu'n bupur gwyn i'r tonnau. Mi oedd 'na ryw newid ynddi hi, yr hen felancoli chwerw-felys 'na sy'n fwy na dim ond cwymp y dail. Mae o yn hulpiau llwyd y môr hefyd, ac yn strempiau'r cymylau hir sy'n gwarchod y penrhynnau.

Mi gyrhaeddais i'r bwthyn bron yn ddiarwybod i mi fy hun oherwydd bod fy meddwl i'n crwydro. Doedd neb wedi byw yno ers i Johann adael ac roedd yr ardd fach wyllt wedi mynd â'i phen iddi'n llwyr, yn glymau haerllug o ddrain a dalan poethion. Ond mi oedd 'na harddwch cyntefig yn ei blerwch hi. Gardd rydd ag iddi enaid.

Mentrais at un o'r ffenestri ond doedd dim modd gweld trwyddi i wyll y bwthyn oherwydd y llwch a'r baw a'r gwe pry cop. Caeais fy llygaid am ennyd, dim ond er mwyn cofio. Roedd aroglau gwyllt yr ardd yn gryfach o'r herwydd: gwyrddni a thamprwydd yn gymysg ag arogleuon hallt y gwymon o'r traeth islaw; tywod a phridd a hewian gwylanod a rhywbeth arall hefyd – y brath hwnnw. Y teimlad o golli rhywbeth. Y newid. Ffeirio'r haf am yr hydref. A hynny'n digwydd mor gynnil fel tynnu maneg mewn stafell gynnes.

Sŵn rhywun arall glywais i wedyn. Sŵn traed tu ôl i mi. A chael braw o sylweddoli'n sydyn fy mod i mewn lle unig ar fy mhen fy hun hefo dieithryn yn llechu yn y prysgwydd. A phan welais i mai Johann oedd yno, mi oeddwn i wedi dychryn gormod i deimlo unrhyw ryddhad yn syth bin. Safai yno, mor llonydd. A'r ardd yn llonydd hefyd, y distawrwydd yn cau amdanon ni, yn cau swnian y gwylanod allan. Yn anadlu drosto' i hun. Ddywedodd o ddim byd. Dim ond sefyll. Syllu. Cysgod gwên. Dechreuais feddwl mai rhith oedd o.

A dyna pam na ddaru ni ddim disgyn yn fyrbwyll i freichiau'n gilydd. Na hyd yn oed cyffwrdd. I ddechrau. Mi oedd swildod y colli nabod wedi'n rhewi ni. Dim ond yn fy nychymyg yr oeddwn i wedi'i gyfarfod o fel hyn. Dan gwfl breuddwyd. Pan fûm i'n dyheu amdano fo yn yr wythnosau gwag hynny wedi i ni wahanu. A rŵan, dyna lle'r oedd o, yn gig a gwaed go iawn. Johann wedi dod yn ei ôl. Mi ddywedodd o fy enw i wedyn. Sibrydiad bron, fel petai ysbryd yn siarad.

'Johann. Chdi wyt ti go iawn?'

Pan wenodd o, mi ddaeth rhyw dryloywder o dan esgyrn ei fochau o. Rhyw oleuni. Gwnâi hynny i mi feddwl am lun Crist yn *Y Swper Olaf*. Mi oedd ei wyneb o'n hŷn, yn harddach o'r herwydd. Cherais i'r un dyn erioed fel y cerais i hwn. A'r eiliad honno mi wyddwn i y byddai rhan ohono' i'n perthyn iddo fo am byth. Ond roedd rhywbeth arall, dwysach, ym mhyllau'i lygaid o, yn dweud wrtha i hefyd na chawn i byth mohono fo'n ôl.

'Pam ddoist ti'n ôl, Johann?'

Ac mi eglurodd o. Herciog. Diarth. Di-ramant, hyd yn oed. Rhesymol. Rhesymegol. Yr hyn nad oeddwn i am ei glywed, am wn i.

'Mae 'na ddarnau o 'ngwaith i mewn arddangosfa yn Lerpwl.' Mi oedd ei wallt o'n fyrrach. Mwy o raen ar ei ddillad o. 'Mi oedd hynny'n gyfle i mi ddod draw i weld yr hen le... ac mae Mam wedi'i chladdu yma.'

Soniodd o ddim am fy ngweld i. Amdanon ni. Yr hyn a fu. Ond roedd hynny yn ei lygaid o, yn ei osgo wrth iddo symud yn nes ata i.

'Dydw i ddim wedi peidio meddwl amdanat ti, Mared.'

Rhyfedd sut mae rhywun yn cofio manylion dros gyfnod maith tra bod petheuach ddoe yn crino yn y cof yn syth. Dwi'n cofio'r cudyn tywyll hwnnw yn disgyn ar draws ei lygad o. A pha mor wyn oedd ei ddwylo fo. Dwylo pianydd. Cofio ogla'r mintys oedd yn tyfu'n wyllt drwy'r brwgaits, a wal y tŷ'n brifo 'nghefn i wrth iddo ei wasgu'i hun yn f'erbyn i.

Anghofiais am Eic. Mi oedd Johann yno'n fy nal i yn ei freichiau a ni oedd pia holl wefr y foment. Doedd 'na ddim na ddoe na heddiw na fory. Doedd 'na neb arall yn bod. A doedd 'na'r unlle arall yn y byd ond yr ardd dywyll, werdd 'ma, yn drahaus yn ei blerwch. Rhoddodd Johann fy llaw yn erbyn ei galedwch a chrwydrodd ei wefusau dros fy wyneb, fy ngwddw. Nid caru fel o'r blaen oedd hwn. Roedd 'na ryw angen noeth yn ein gyrru ni'n dau, rhyw frys gorffwyll, gwyllt a ninnau'n trio dal ein hangerdd yn ein dwylo cyn iddo fo fynd hefo'r lli.

Ogla'i groen o'n hallt, gyfarwydd. Meddalwch ei wallt o. Rhyw bersawr cynnil, cynnil yn glynu wrtho fo – cymysgedd cynnes o fwsg, siasmin, lemonau. Y mintys gwyllt yn drwm ar bopeth. Thynnon ni mo'n dillad. Doedd yr hen dynerwch ddim fel pe bai o'n briodol bellach. Datod botymau. Llacio dillad a chrafangu a'r wefr sydyn o deimlo bysedd poethion ar groen noeth yn galetach a mwy digywilydd am nad oedden ni'n gweld ein dwylo'n gilydd. Teimlais yn beryglus o ddiamddiffyn wrth i fy jîns lithro'n araf i lawr dros fy mhen ôl a gadael i'r awel fach feiddgar, newydd 'ma fwytho 'nghluniau. Brathu, crafangu, deisyfu, hollti. Ei wres caled yn cyrraedd pellafion fy mod, poethi, poethi, codi fel sgrech yn erbyn gwydr. A'r marw wedyn yn rhy ddistaw, yn ormod o barlys nes ein bod ni'n dal ein gilydd yn rhy beryglus o dynn. Ofn symud er mwyn gohirio'r gofidiau oedd yn mynd i ddianc o blygion hyn i gyd a chlwydo yng nghorneli'n bywydau ni fel gwyfynnod yn cael eu gollwng o ddrôr.

'Johann?' A rhyw ran wallgof or-obeithiol ohono' i, am funud fechan fach, yn deisyfu iddo ddweud ei fod o'n aros. Neu ofyn i mi fynd yn ôl hefo fo. Dim ond am funud. Fyrbwyll. Fach…

'Mae gin ti rywun newydd, yn does?' Y sylweddoliad yn brifo. Gwasgu arna i. 'Nid dod yma i chwilio amdana i wnest ti, naci?'

Cwpanodd fy mochau yn ei ddwylo meddal.

'Damwain hyfryd oedd heddiw, Mared. Rhywbeth ddylai fod yn perthyn i freuddwyd.'

A rhywbeth fyddai'n aros yn rhan o freuddwyd am byth. Mi oeddwn i'n ei chael hi mor anodd dweud: 'Ia, Johann. Ti'n iawn, wrth gwrs.' Yn ei chael hi mor anodd gollwng unwaith yn rhagor. Bod yn athronyddol, gall. Mynd yn ôl at fy mywyd fel pe na bai dim o hyn wedi digwydd. Yn ei chael hi'n anodd credu nad oedd Johann yn teimlo'n union 'run fath. Nes dywedodd o fod ganddo wraig. A phlentyn. Merch fach...

Nid arno fo oedd y bai i gyd. Wnaeth o mo 'ngorfodi i. Yr amgylchiadau ddaru hynny. Yr ardd. Y môr. Y tymhorau'n newid. Y wefr wirion o weld ein gilydd. A'r hen hanes oedd yn ein clymu ni. Hen garwriaeth na chafodd hi mo'r cyfle i heneiddio go iawn. Ond pan aeth o, am y tro ola' un, roeddwn i'n oer. Mor oer fel nad oeddwn i'n crynu, hyd yn oed. Rhyw barlys o oerfel oedd o. Oerfel na fedrwn i mo'i deimlo. Yn union fel carreg. Oerach nag oerfel fel nad oedd hynny'n gallu 'nghyffwrdd i bellach.

Mi oedd ogla Johann arna i. A'n hangerdd ni'n dau'n ludiog rhwng fy nghluniau i. Ond fedrwn i mo'i gasáu o am fy nghymryd i. Am dwyllo'i wraig. Mi ddewisais i beidio â meddwl am y peth fel gweithred o anffyddlondeb. Oherwydd mi dwyllais innau Eic hefyd, yn do? Ond doedd o ddim yn teimlo felly ar y pryd. Benthyg ein gilydd ddaru ni. Camu allan o'n bywydau am 'chydig er mwyn cau pen y mwdwl ar bethau. Er ein mwyn ni'n hunain a phawb arall yn ein bywydau ni.

Neu felly y dewisais i gyfiawnhau'r hyn ddaru ni'r prynhawn hwnnw yn fy meddwl. Fy argyhoeddi fy hun bron na ddigwyddodd o ddim. Yn enwedig pan ddaeth rhywbeth arall i mi boeni amdano fo. Rhywbeth real, difrif, dwys a wnaeth i mi ddechrau chwydu 'mherfedd yn y bore.

Mi sylwodd Mam bron yn syth. Roedd te a choffi'n troi fy stumog i o'r dechrau ac roeddwn i'n gwybod ymhen dyddiau wedi i mi fethu misglwyf bod fy nghorff i'n newid. Ddywedais i ddim am yn hir. Methu bwyta. Methu cysgu. Fy mronnau'n boenus o dyner.

Meddwl o hyd am Johann a gwybod nad oedd dim diben.

'Mi fydd yn rhaid i ti ddeud wrth Eic cyn bo hir, sti.' Mi oedd Mam yn od o dyner. Yn deall. Neu'n credu'i bod hi. Yn credu'n ddigon naturiol mai Eic oedd y tad. Ac yna'n sydyn dyma finna'n sylweddoli y gallai hynny fod yn wir hefyd. Erbyn meddwl, mae'n debyg mai dyna oedd y gwir. Doeddwn i ddim ar y Bilsen, ac er na ddaru Johann a minnau feddwl ddwywaith am ganlyniadau caru'r prynhawn hwnnw, doeddwn i ac Eic ddim yn or-ofalus bob amser chwaith. Mi oedd hi'n gwbl bosib, a hollol debygol, mai Eic oedd y tad. Ond fedrwn i ddim peidio meddwl am Johann a fi. Meddwl ac amau. A beichio crio yn y gegin rhyw fore ar ôl i Dad bicio allan i nôl ei bapur newydd; Mam ar ei gliniau o 'mlaen i a 'nagrau i'n disgyn yn flêr i'r blodau ar ei blows hi. Mi wasgais i'r gwir o rywle. Igian yn herciog fel petai'r byd ar ben.

'Waeth pwy ydi tad y plentyn, fi fydd ei nain o, sti.'

Mi oedd hi mor gynnes yn y gegin y bore hwnnw. Dwi'n cofio hynny'n glir. Blancedi o wres yn tonni o gyfeiriad y stôf oel. Y Fetsan Brysur yn golchi dros sil y ffenest. Ogla poeth melys cadachau llestri'n berwi'n wyn. Popeth mor ddigynnwrf o normal.

'Be am Johann, Mam?'

Fel pe bai ganddi'r atebion i bopeth. Fedrai hithau wneud dim ond datgan ffeithiau, ond rhywsut, roedd ei chlywed hi'n eu rhestru nhw'n dawel, resymegol yn fy nghysuro. A doedd hi ddim yn fy meirniadu i. Mam annwyl, dyner, dlos. Duw a ŵyr, mi oedd ganddi bob rheswm. Yn tynnu'i gwallt o'i phen yn aml ar fy nghownt i, mi wn, ond hi oedd yr unig un erioed na wnaeth i mi deimlo'n euog ynglŷn â dim byd wnes i.

'Stori ddoe ydi Johann, Mared fach. Mi wyddost tithau hynny hefyd bellach. Gwrthod cyfadda wyt ti.'

Hi oedd yn iawn, wrth gwrs. Mi oedd ei doethineb hi'n fy nychryn i weithiau. Ei goddefgarwch tuag at bobol. Mi oedd hi'n byw'n o agos at ei lle, a'i hurddas tawel yn ennyn parch pobol. Gwraig ddiymhongar, gall oedd hi. Ac eto, ar adegau fel hyn, mi oeddwn i'n synhwyro bod 'na fwy iddi na hynny, hefyd, rywsut. Rhyw adnabyddiaeth ddwys ryfeddol o'r natur ddynol. O fywyd. Rhyw dynnu tawel oddi ar brofiadau na wyddai fawr o neb, mae'n debyg, ei bod hi wedi byw drwyddyn nhw. Mi wyddwn i'r adeg honno wrth iddi wasgu fy llaw i'n dynn ei bod hithau'n gwybod yn burion sut beth oedd caru a cholli.

'Ma gin ti dipyn o feddwl o Eic, yn does? Er gwaetha be ddigwyddodd efo Johann...' Ac mi oedd hi'n fy ewyllysio i gytuno, mi wyddwn. Mi oedd ganddi hithau gryn feddwl o Eic hefyd. Mi oedd o'n ddiawl golygus, direidus. A dwys. Cyfuniad marwol. Fedra rhywun ddim ond gwirioni amdano fo. Hynny ydi, petai hi'n ferch.

Fyddai dynion, wrth gwrs, ddim mor barod i gytuno. Yn enwedig gwŷr merched eraill, fel y dois innau i ddeall yn y blynyddoedd i ddod.

Ond yr Eic ifanc oedd hwn. Eic, fy nghariad i.

'Dywed wrtho fo, Mared. Gweld sut eith pethau. Does dim rhaid i ti roi pwysau arno fo i briodi, chwaith. Cofia hynny. Dwi yma i ti, a chei di ddim cam tra bydda i...'

Mi oedd hynny'n wir. Mi aeth â 'nghyfrinach hefo hi i'w bedd. Pan ddywedais i wrth Eic fy mod i'n feichiog fe'm siomwyd o'r ochr orau gan ei ymateb. Mi oedd o wedi gwirioni. Isio dathlu. Ac ia. Isio priodi. Mi oedd o'n daer. Yn daerach na fi. Rhywsut neu'i gilydd mi ddaru o fy sgubo fi ar y don 'ma o orfoledd. Peri i minnau wirioni. Rêl Eic. Mi oedd 'na gyffro yn hyn hefyd, yn doedd? Rhywbeth newydd. Doedd o erioed wedi bod yn dad o'r blaen.

Mi oeddwn i wedi bwriadu dweud y gwir wrtho fo er gwaetha cyngor Mam. Ond doedd 'na byth amser iawn, rhywsut. Byth gyfle. Mi lwyddais i anwybyddu fy amheuon i gyd. Cofleidio'r dyfodol hefo rhyw fath o ryddhad bregus. Priodas wen. A finna, pan aned Cit, yn mynnu'i bod hi'r un ffunud â merch fach fy nghyfnither. Ewyllysio bod nodweddion teulu Mam yn grwn yn ei hwyneb bach hi, am na fedrwn i yn fy myw â'i gweld hi, mewn gwirionedd, yn debyg i neb.

Fel yr oedd pethau'n mynnu bod, tebyg i'w nain oedd Cit, yn enwedig wrth iddi fynd yn hŷn. Neu felly'r oedd pawb yn ei ddweud. Mi oedd hynny'n gysur mawr i 'nhad, fel y digwyddodd pethau. Ac er na faddeuodd o erioed i Eic am 'orfod' fy mhriodi i, mi oedd yr haul yn codi ac yn machlud ar Cit.

Welais i erioed mo Eic ynddi. Efallai mai fy nghydwybod i oedd yr achos am hynny, ond yn raddol mi ddois i ddysgu sut i wneud mistar ar hwnnw hefyd. Efallai, erbyn hynny, nad oeddwn i ddim yn dymuno i Cit fod yn debyg i Eic. Efallai mai dyna sut fedrais i faddau cymaint iddo fo yn ystod dyddiau cynnar ein priodas ni. Buan iawn, fodd bynnag, y daeth Eic â'r glorian yn gyfartal. Erbyn dyfod y dyddiau blin roeddwn i wedi hen wneud iawn am y cam y tybiais i mi fod wedi'i wneud ag Eic. Rhifau ffôn mewn pocedi. Derbynebau am anrhegion na welais i erioed mohonyn nhw. Persawr diarth nesa' at groen.

Mi wnes i fy mhenyd.

Wrth i mi sôn yn ddiweddar am Johann wrth Cit, y hi wnaeth y sylw ysgafn y gallai hi fod wedi bod yn Iseldirwraig pe bawn i wedi priodi fy arlunydd ers talwm. Ac mi wnes innau jôc o'r peth. Doedd hi'n gwybod dim ei bod hi'n bygwth codi hen, hen grachen. Dros y blynyddoedd mi ddysgais faddau i mi fy hun. A mwy. Mi lwyddais i anghofio.

Tan rŵan.

Tan hyn.

Cit a'i beichiogrwydd.

A chyn hir mi fydd y byd i gyd yn cael cyfle i weld llun ohono' i'n noeth. Llun a baentiwyd gan fy nghariad cynta. Mi geith unrhyw un fynd i edrych arno fo. Dad. Eic. Cit. Ei phlentyn, hwyrach.

A fi.

Ac wrth i mi syllu ar y llun hwnnw, mi ga' i 'ngorfodi unwaith eto i amau pwy ydi tad fy mhlentyn innau.

15

'Wyt ti'n berffaith, berffaith siŵr?'

Mae Cit yn edrych arna i o gornel ei llygad. Gochelgar. Gofalus. Isio dweud rhywbeth coeglyd, arddegol ond yn gwybod nad oes wiw iddi wneud dim i droi'r drol. Yn enwedig rŵan.

'Ydw. Mi wnes i'r prawf.'

'Ond ella bod rwbath wedi mynd o'i le. Ti'n gwbod – ella na wnest ti mo'i ddallt o'n iawn.'

Mae hi'n cymryd ati rhyw fymryn. Cnoi ewin ei bawd yn biwis.

'Be oedd 'na i'w ddallt, Mam? Blydi hel, dim ond piso am ei ben o oedd isio!'

Dwi ddim wedi sôn wrth Dad. Eto. Mae o'n mynd yn ei ôl adra heddiw, a dydw i ddim yn fodlon mentro rhoi gwasgfa iddo fo ac yntau wedi dod yn ei flaen cystal. Mae un argyfwng ar y tro yn hen ddigon.

'Yli, Cit, ella basa hi'n well gneud prawf arall, jyst rhag ofn. Prawf lle doctor tro yma.'

Mae hi'n sgrytian ei sgwyddau'n ddidaro. Yn gwybod nad oes diben iddi ddadlau, debyg, er iddi drio fy argyhoeddi i bod y prawf brynodd hi yn Tesco gystal bob tamaid ag unrhyw brawf labordy. Dwi'n dewis peidio â rhoi fy ffydd yn llwyr yn hwnnw am y tro. Dwi'n sylweddoli ei bod hi'n llwyd.

'Ti 'di bod yn sâl?'

'Nac'dw, Mam. Chi sy'n fy ngneud i'n sâl hefo'ch swnian, os oes raid i chi gael gwbod!'

Distawrwydd. Ei geiriau hi'n gleisiau arno fo. Dwi'n gwneud ymdrech lew i beidio â chymryd ataf. Mae hynny'n drybeilig o anodd. Ac mae yna ryw ryddhad chwithig yn chwalu drosta i pan ddywed ei bod hi'n mynd allan.

Dwi ddim hyd yn oed yn gofyn i ble. Oes ots bellach? Mae'r drwg wedi'i wneud.

★ ★ ★

'Ceri, gwranda – ynglŷn â'r nofel...' Y comisiwn mawr. Y dedlein. Dwi isio trugaredd. Wythnos neu ddwy'n rhagor. Neu dair. Dwi wedi dod yn erbyn Y Wal. Eto. 'Ceri ...?'

'Ia...?'

Mae'i lais o'n bellach nag y dylai fod. Hyd yn oed dros y ffôn. Dydi o ddim fel petai o'n gwrando. Ddim fel petai arno isio gwrando. Mae hynny'n od. Dwi'n trio'i ddychmygu o. Dychmygu'i wyneb o. Ydi o'n darllen? Yn sgwennu? Beth bynnag mae o'n ei wneud mae o'n ei rwystro rhag rhoi ei holl sylw i'r sgwrs.

'Ydi hi'n anghyfleus rŵan, ta be? Mi ffonia i'n ôl wedyn os leci di...' Dwi'n ymwybodol bod 'na dwtsh piwis yn fy llais i ond does gen i mo'r help. Damia fo unwaith.

'Na, na – popeth yn iawn.' Fel petai o newydd roi hergwd sydyn iddo fo'i hun. 'Be tisio, cyw?' Ymdrech lew i fod yn fo'i hun. Mae o bron iawn â llwyddo.

'Estyniad bach. Dipyn mwy o amser. Rhag 'mod i'n rhuthro'r penodau ola'...' Dwi'n barod i ddechrau bargeinio. Hel esgusodion. Ond does dim angen. Mae'r cyfan yn rhyfeddol o hawdd. Yn rhy hawdd, a dweud y gwir. Ac mae hynny, mewn ffordd ryfedd, yn fy nhaflu i oddi ar fy echel. Mae 'na sicrwydd, o fath, mewn gorfod glynu at reolau. Oes, mae arna i isio mwy o amser ond mae Ceri wedi llacio gormod ar y rhaff rŵan. Ia, iawn. Cymer dy amser, Mared. Chdi sydd i ddeud. Dim brys. Mae ei barodrwydd i ymestyn y ffiniau yn ymylu ar ddifaterwch. Diffyg diddordeb, hyd yn oed. Dwi bron yn difaru 'mod i wedi gofyn.

'Iawn, ta. Diolch i ti, Ceri. A mi oedd yna un peth arall...'

Isio cwmni ydw i. Neu'n hytrach, isio rhywun i gynnal fy mreichiau. Mi ddaeth y gwahoddiad drwy'r post ddoe. Arddangosfa o waith Johann Roi yn yr Amgueddfa Genedlaethol. Mae hynny wedi dychryn rhywfaint arna i. Pwy fyddai'n gwybod i estyn gwahoddiad i mi? Cerdyn chwaethus mewn amlen fawr. Print cwafrog, crand. Mi roddodd fy stumog dro pan agorais i o.

Mi fyddwn i'n gofyn i Cit pe bai pethau'n wahanol. Yn sôn wrthi am y llun. Sôn mwy efallai amdana i a Johann. Ond fedra i ddim, na fedra? Ddim rŵan. Rŵan mae hi fel petai cysgod Johann dros bopeth. Mae beichiogrwydd Cit wedi dod â'r hen amheuon yn ôl.

Mae hi'n dal i wrthod dweud pwy ydi tad y babi. Ffling unnos na ddaru o ddim hyd yn oed para noson. Rhyw ymbalfalu hanner-meddw. Un peth yn arwain at y llall. Meddai hi. Mae hi'n cau'i hwyneb oddi wrtha i a dwi'n gwybod nad oes dim diben i mi bwyso arni.

Ac mae Cit isio erthyliad. Dydi hi ddim am gael y babi 'ma ar unrhyw gyfrif. Mae'r syniad yn fy ngwneud i'n swp sâl a dwi'n dal i weld y dagrau 'na yn llygaid Eic. Ond does wiw i mi sôn am hynny wrth Cit. Mae'r tensiwn rhyngon ni'n dal ar fy ngwynt i, fel petai fy nillad i wedi cael eu pwytho'n dynn amdana i. Fyddai noson yng Nghaerdydd yn gwneud dim drwg i mi, efallai. Dianc am dipyn. Gofod. Ac eto, mae arna i ofn hwnnw hefyd. Ofn y gwacter. Dyna pam dwi'n gofyn i Ceri.

'Mi faswn i wrth fy modd, Mar, ti'n gwbod yn iawn – ond fedra i ddim... gormod ar 'y mhlât ar hyn o bryd, yli. Sori...'

Dwi'n teimlo'n chwithig. Yn fflat. Mae o wedi 'mrifo i am yr eildro, heb fwriadu hynny o gwbl. Efallai mai fi sy'n groendenau. Dwi'n boenus o ymwybodol fy mod i wedi dod â'r alwad i ben yn ddigon ffwr-bwt ond does gen i mo'r help. Damia fo. Damia nhw i gyd.

Mi a' i i Gaerdydd ar fy mhen fy hun. Bod yn hunanol am unwaith. Gwesty moethus. Llonydd. Amser i feddwl. Os ydi unrhyw un yn haeddu brêc, mi ydw i, debyg. A dyma'r esgus perffaith. Mi ga' i fy mhlesio fy hun. Dim Cit. Dim Taid. Dim Eic. Dim hyd yn oed Ceri. Neb i swnian. Neb i dynnu'n groes. Neb, heblaw fi.

Pam felly nad ydw i'n teimlo'n fwy brwdfrydig na hyn?

16

Mae yma win. Y coch a'r gwyn arferol. Sudd oren i yrwyr a chyfrwyr calorïau. Platiau o swshi a chraceri bach crwn hefo rhyw gymysgedd lliw mwd wedi'i daenu arnyn nhw. Rhywbeth madarchaidd. A dwi'n nabod neb. Er bod yma lond lle o bobol, mae'r neuadd fawr yn dal i edrych yn wag oherwydd ei hanferthedd a'i nenfydau uchel. Mae'r llawr marmor mawreddog yn wydrog lân. Dwi'n meddwl am ysbytai ac eglwysi cadeiriol. Mae rhyw ddieithryn gwenog yn gwthio taflen i fy llaw i. Taflen sy'n egluro pethau ynglŷn â'r arddangosfa. Johann. Ei luniau. Mae gen i ofn edrych ar y rhestr. Ofn gweld *Merch Noeth*. Ofn ymateb pobol pan welan nhw'r llun a sylweddoli mai fi ydi hi...

'Mared Wyn?'

Wrth i mi droi i gyfeiriad y llais mae fy stumog yn rhoi tro bach sydyn. Mae'r ferch mor frawychus o debyg i Cit fel bod rhaid i mi ddal fy anadl yn dynn yn fy ngwddw wrth edrych arni. Mae hi'n dal ac yn lluniaidd, a'i throwsus tynn, golau yn tynnu sylw at ei chluniau cryfion, hir. Fedra i ddim peidio sylwi pa mor chwaethus ydi popeth o'i chwmpas hi, ond chwaeth mymrynddol ydi o, diofal bron. Gwisga grys-T syml, ond wedi'i dorri'n dda, yn dynn ar draws ei bronnau ag enw'r cynllunydd yn fawr ar ei flaen o. Gydag un symudiad celfydd o'i phen mae hi'n hel ei gwallt hir o'i hwyneb.

Gwallt syth, melyn. Mae ganddi esgyrn bochau sy'n f'atgoffa i o benddelw Nefertiti. Gwefusau llawn â rhyw sglein tryloyw arnyn nhw: mae'i cholur hi i gyd mor gelfydd fel nad yw'n golur o gwbl, dim ond ffresni glân, gloyw fel gardd dan wlith. Blodeuwedd mewn Versace. Dim ond nad ydi hon ddim yn Gymraes. Nac yn Saesnes. Ond mae ganddi Saesneg da. Caboledig. Y geiriau hir yn swynol mewn acen dramor. Mae hi'n estyn ei llaw i mi.

'Fy enw i ydi Leonora Roi. Roeddech chi'n ffrind i 'nhad ers talwm, dwi'n meddwl?' A'r gystrawen yn anystwyth fel crys newydd, yn lapio'i chwithdod dros y ddwy ohonon ni. Mae'i llaw wen hi'n oer. Petalau blodau o oer.

'Chi ydi'i ferch o...?' Ond hyd yn oed cyn i mi orffen yngan y geiriau mi ydw i'n gweld Johann ynddi. Yn ei hwyneb. Yr esgyrn bochau bregus, uchel. Yr ên fain, y llygaid 'na. A'r olwg fach drahaus 'na mae Cit yn ei wneud weithiau. Mae ganddi'r un llygaid â Cit. Ei lygaid o. Yn sydyn, dwi'n ôl yng ngardd y bwthyn. Ogla'r gwyrddni, ogla'i groen o. Blew bach ei farf ar fy ngwddw yn gyrru iasau drwy 'nghorff i gyd. A wedyn. *Mae gen i blentyn, Mared... merch fach...* A ninnau'n gwahanu am y tro ola. A'r salwch bore'n cychwyn. Eic? Johann? Pwy? Pa un ydi tad y plentyn yn fy nghroth? Pa un? Eic isio bod yn dad. Eic yn falch. Tra bod Johann wedi mynd am byth. Mi wnes innau'r hyn yr oeddwn i'n ei feddwl oedd orau ar y pryd. Oherwydd na wyddwn innau ddim i sicrwydd, na wyddwn? Ac er 'mod i weithiau'n gweld rhywbeth yn Cit na fedrwn i mo'i briodoli i'r naill ochr na'r llall o'n teuluoedd ni, mi oeddwn i'n ei wthio i gefn fy meddwl at yr ofnau eraill i gyd. Yn ei anwybyddu. Yn fy siarsio fy hun fy mod i'n gweld pethau, bod gen i ormod o ddychymyg.

'Mi oedd ganddo fo feddwl mawr ohonoch chi...' Mae Leonora'n siarad ond mae hi fel petai'i llais hi'n dod o bell. Dwi'n teimlo'n benysgafn. Mi ddywedodd Johann yr hanes wrthi hi, felly? Amdanon ni? 'Mi dywedodd eich bod chi wedi cytuno i eistedd iddo, y ferch noeth gyntaf iddo'i phaentio erioed. Mi oeddech chi'n ddewr iawn...!'

Y ferch noeth gyntaf. Mi oedd yna fwy ohonyn nhw, felly. Ond nid dyna sy'n brifo. Ddywedodd o mo'r gwir wrthi. Ddywedodd o ddim mai cariadon oedden ni. Ddywedodd o ddim mai llun iddo fo oedd y llun ohono i. Iddo fo a neb arall. Dydi hi ddim yn gwybod hynny.

'Roedd fy nhad yn hoff iawn o'r llun. Yn ei gadw yn ei stydi hefo'i bethau personol. Dwi ddim yn gwybod pam nad oedd o'n fodlon ei arddangos, cofiwch. Mae o'n un o'i luniau gorau, er ei fod yn un o'r rhai cynharaf. Chafodd o erioed gystal hwyl ar baentio merch noeth wedyn, yn fy marn i! Ac mae hynny'n deyrnged i chi fel ei fodel, Mared!'

Ei fodel. Mae hi'n trio plesio. Yn gwybod dim. Mae'r atgofion mor agos mi fedra i eu harogli nhw. Arogli'r lilis yn y jwg. Y paent. Y coffi y buon ni'n ei yfed yn y gwely yn drwm drwy'r ystafell fel cyffur cynnes. Y caru yn sŵn y tonnau. Ti'n berffaith, Mared. Fy nuwies fach noeth... gad i mi dy baentio di...

'Mared? Ydach chi'n iawn...?'

Mae'n debyg 'mod i'n welw. Y bendro. Dwi'n trio anadlu'n gall. Gwneud ymdrech i ddod ataf fy hun. Hel esgusion. Mae hi'n boeth yma, gormod o bobol, stumog wag. Does wiw i mi lewygu rŵan. Mae gen i ofn, ond mae'n rhaid i mi gael gweld y llun.

'Mi leciwn i ei weld o, Leonora...'

'Wrth gwrs. Ffordd yma...'

Mae hi'n fy nhywys i at y llun. Dwi'n falch o'i chwmni hi, yn falch nad ydw i ddim ar fy mhen fy hun, ac eto...

'Ydach chi'n nerfus?'

'Ydw, rhyw fymryn...'

'Does gynnoch chi ddim rheswm i fod, cofiwch. Mae o'n llun arbennig o hardd.'

'Leonora... cyn i ni fynd at y llun hwnnw...'

'Ia?'

'Lle mae'r *Wisg Flodau?*'

Mae hi'n edrych arna i. Dydi hi ddim yn syndod fy mod i'n gofyn peth felly. *Y Wisg Flodau* ydi un o'i luniau enwocaf. Mae pawb sy'n gyfarwydd â gwaith Johann Roi i fod i wybod am hwnnw. Ond efallai bod yna ormod o dynerwch yn fy llais i wrth i mi ofyn. Ac mi ydw innau'n teimlo rheidrwydd sydyn i egluro. I brofi fy mod i wedi rhannu rhywbeth mwy hefo Johann na dim ond eistedd iddo ar gyfer llun. Fedra i ddim gadael iddi barhau i feddwl hynny. Ac nid diawledigrwydd ydi o. Nid sgorio pwyntiau.

'Fi ddeudodd wrtho fo am baentio hwnnw. Yn deyrnged i'w fam. A'r ffrog...'

''Dach chi'n gwbod hanes y ffrog? Ffrog fy nain... Nid pawb sy'n gwybod hynny...'

'Naci, Leonora. Dwi'n gwbod. Ond does neb yn gwbod mai fi ddaru'i annog o. Nid bod ots am hynny. Does arna i ddim isio i neb arall wbod, chwaith, heblaw amdanoch chi. Ond mae o'n bwysig i mi. Yn rhywbeth arbennig. Meddwl bod gen i ran fach mewn gwaith mor nodedig. Ac mi gafodd yntau fwrw'i alar yn y llun hwnnw.'

O dan yr acen swynol, y chwaeth a'r Versace mae hi'n edrych, am ennyd, yn ansicr. Nid y hi sy'n rheoli'r sgwrs rŵan. Wnes i ddim bwriadu tynnu'r gwynt o'i hwyliau hi. Dim ond isio dweud y gwir oeddwn i. Mae hi tua phum mlynedd yn hŷn na Cit ond mae hithau, fel Cit, yn medru gwneud rhyw ystum merch-fach-wedi-pwdu. Mor debyg. Fel petaen nhw'n ddwy chwaer. A dwi'n sylweddoli'n sydyn mai dyna'n union ydyn nhw.

'Oeddech chi... oeddech chi'n gariadon, felly?' Mae Leonora'n cael hyd i'w llais. Yn chwarae mwy hefo'i gwallt perffaith nag sydd raid

'Ers talwm, ers talwm iawn iawn. Cyn eich geni chi...' Un wers bwysig dwi wedi'i dysgu gan Eic. Bod yn gynnil hefo'r gwir. Mae 'na gysur weithiau mewn peidio cael gwybod y cyfan oll. A dydi peri loes i Leonora ddim yn rhan o'r cynllun o gwbl. I'r gwrthwyneb. Mae hi mor debyg i Cit weithiau fel 'mod i isio gafael amdani. Wna i ddim, wrth gwrs. Mae 'na fwy o bellter rhyngon ni'n barod nag oedd yna bum munud yn ôl.

Mae 'na griw bychan o flaen *Y Wisg Flodau*, pedwar neu bump ohonyn nhw, yn gwneud synau cymeradwyol ac yn sbio ar eu taflenni bob yn ail. Dydyn nhw ddim fel pe baen nhw'n ddeallusion dim ond eu bod nhw'n gwerthfawrogi harddwch ac yn gwybod sut i ymddwyn mewn lle fel hyn drwy ddal eu pennau i un ochr mewn edmygedd er mwyn cymryd arnyn' eu bod nhw'n glyfrach nag ydyn nhw. Tasan nhw ddim ond yn gwybod. Does dim angen bod yn glyfar i ddeall go iawn. Dim ond ei garu o wnes i. Dyna'r cyfan. Caru dyn hefo dawn creu. Caru dyn hefo tristwch yn ei galon. Cyd-orwedd hefo fo a gwrando ar guriadau'r galon honno. Credu ynddo fo. Er mwyn iddo fynta gredu ynddo'i hun. A gwrando ar ei stori. Mae llun *Y Wisg Flodau* yn gwneud i mi grio. Does gen i mo'r help. Does gen i ddim cywilydd chwaith. Mae'r ffug-ddeallusion yn edrych arna i'n syn. Dyma'r dagrau cynta i mi eu crio ers i mi glywed am farwolaeth Johann. Rŵan dwi'n sylweddoli 'mod i wedi cael colled. Ac mae rhywbeth sydyn, hyfryd, annisgwyl yn digwydd rhwng Leonora a fi. Mae hi'n gwthio hances bapur lân i fy llaw i, yn gwasgu 'mraich i'n ysgafn. Yn sychu rhywbeth yn sydyn o gornel ei llygad ei hun. Ac mae'r wên fach ddyfrllyd, edifeiriol bron sy'n ei gwneud hi o! mor uffernol o debyg eto i fy merch i fy hun yn dangos ei bod hi'n cynnig rhyw fath o gonsesiwn i mi. Hen gariad ei thad. Hen orffennol. Does ganddi ddim rheswm i fod yn eiddigeddus.

''Dach chi'n barod i ddod i weld eich llun chi rŵan?' Mae hi'n gofyn yn dyner, fel pe bai hi'n holi hen wraig. Oes golwg mor fregus â hynny arna i?

Mae *Merch Noeth* ym mhen arall yr ystafell. Dwi'n falch o hynny. Mae arna i angen yr eiliadau. Does gen i ddim syniad beth i'w ddisgwyl. Fedra i feddwl am ddim byd ond am Johann yn paentio a finna'n eistedd. Y gwely blêr, y gynfas wen. Ogla'r lilis 'na eto, eu purdeb gwyn fel pennau angylion...

Mae o'n fwy nag a feddyliais i y basa fo. Y ffrâm o goed golau yn gyfoes a syml. Am ennyd, dwi'n anghofio mai fi ydw i. Dwi'n mentro'n nes, yn hawlio fy lle reit o'i flaen o. Gwyrddlas ydi'r awyr: y glas chwerw-felys gwydrog 'na nad ydi o'n dod o nunlle arall heblaw'r môr ei hun. Glas aflonydd a'r awel yn ei hysio fo. Cynfas o lesni a gwiail o oleuni'n picellu drwyddo fo. Awyr yr haf o flaen storm. Does yna ddim jygiad o flodau. Dim stafell. *Mae'r stafell 'ma'n rhy fychan i ti, Mared. Mi wyt ti angen y traeth i gyd...* A dyna mae o wedi'i roi i mi. Anwadalwch awyr ac ewyn yn rhithlun o 'nghwmpas i. Mae gweld perffeithrwydd fy mronnau ifanc fy hun, fy nghanol main, y mwng gwallt anystywallt 'na fuo gen i yn nadreddu dros ysgwyddau gwynion, noeth yn codi hiraeth affwysol arna i. Am ers talwm. A Johann. Am Mam. Ac yn fwy na hynny, dwi'n hiraethu amdana i fy hun. Nid fi ydi hon. Fi oedd hon. Ymgorfforiad o ddoe, o fy ieuenctid coll ydi'r ferch noeth sy'n codi o'r tonnau. Mae o wedi fy nwyfoli i. *Fy nuwies fach noeth i. Aphrodite...* Does 'na ddim peryg i neb feddwl mai fi ydi hon, yn fy sgert laes a'r top hir, llac sy'n cuddio'r bol dwi wedi'i fagu dros y blynyddoedd ac wedi dysgu sut i'w guddio'n gelfydd dan haenau o ddillad cyfrwys eu toriad. Ac nid gwallt duwies sydd gen i bellach ond steil byrrach, mwy ymarferol mewn ymgais i ailddarganfod esgyrn fy mochau. Dwi'n neb i'r bobol 'ma sy'n troi o 'nghwmpas i. Dyna'r eironi hyllaf. Ar ôl ofni'r holl gyhoeddusrwydd y byddwn i'n ei gael yn sgîl y llun, does dim isio i mi boeni. Mi ddylwn i fod yn ddiolchgar. Ond dydw i ddim. Dwi'n anweledig.

Ac mae hynny'n rhywbeth saith gwaeth.

★ ★ ★

Dwi'n mwynhau'r awel iach ar fy mochau. Cerdded. Sŵn fy nhraed fy hun yn mydru ar y palmant. Sŵn ceir.

Dinas. Gwareiddiad. Y teimlad o fod yn rhydd, gweddill y diwrnod o 'mlaen a noson hamddenol mewn gwesty i ddilyn. Mi a' i am banad o goffi yn y man. Lle bach chwaethus sy'n rhoi *cafetiere* ar y bwrdd. A hwnnw'n fwrdd bach i un mewn cornel fach dawel ger planhigyn mawr gwyrdd. Ydw. Pam lai? Dwi'n mynd i ddifetha mymryn bach arna i fy hun.

Mae hi'n cymryd amser i mi sylweddoli mai'r hyn dwi'n ei deimlo rŵan, mewn gwirionedd, ydi rhyddhad. Am y tro cyntaf ers geni Cit, na, cyn hynny, ers fy meichiogrwydd, mae gen i sicrwydd. Mi fedra i wynebu'r gwir heb orfod beio fy nychymyg am wneud hwyl am fy mhen. Merch Johann Roi ydi Cit. Ydw i'n mynd i ddweud wrthi? Mae hynny'n beth arall. Am ryw reswm dydi hynny ddim yn boen arna i. Does dim rhaid iddi wybod, nag oes? A beth bynnag, mi fyddai gwybod hynny yn dinistrio Eic. I be'r a' i i frifo pobol? Na, gadael i bethau fod ydi'r peth callaf. Yr hyn sy'n bwysig i mi ydi fy mod i wedi cael tawelwch meddwl o'r diwedd. Dwi wedi cael erlid fy mwganod fy hun.

Rŵan, uwchben fy nghoffi du ar fy mwrdd bach hyfryd i un – ac oes, mae yma blanhigyn gwyrdd yn f'ymyl – dwi'n dechrau meddwl yn gliriach. Dwi wedi llwyddo i roi'r gorau i smygu a rŵan dwi'n mynd i golli pwysau hefyd. Ocê, dydw i mo'r dduwies fronnoeth oeddwn i ers talwm a dwi'n dibynnu ar fra dipyn cryfach erbyn hyn i herio grym disgyrchiant ond dydi pethau ddim yn anadferadwy o bell ffordd. Tyrd yn dy flaen, Mared Wyn, wir Dduw. Nid galaru ar ôl dy ieuenctid ddylat ti, ond gorfoleddu yn dy aeddfedrwydd newydd. Mae gen ti lai o *hang-yps* rŵan, yn hŷn ac yn dewach, nag oedd gen ti'n sgilffan fain ugain oed. Dwi'n gwrando'n astud ar fy mhregeth i fy hun. Mi ddylwn i deimlo'n falch 'mod i wedi ysbrydoli arlunydd. Ia, myn uffar i! Fi oedd honna! Aphrodite. Ond mae pawb yn heneiddio. Hyd yn oed duwiesau'r tonnau. Ac mae hi'n hen bryd i'r gyn-dduwies yma gael dipyn o drêt.

Siop Ann Summers. Be' dwi'n ei wneud yma yng nghanol darpar-briodferched yn paratoi syrpreisus ar gyfer y mis mêl fydd yn darfod yn gynt nag a feddylian nhw a'r syspendars yn cael eu stwffio i gefnau drorau hefo'r pangfeydd cynta o salwch bore? A be' maen nhw'n ei feddwl ydw i ta? Stripar mewn clwb nos i bensiynwyr yn chwilio am wisg lwyfan newydd? Mae'n rhaid i mi roi hergwd i mi fy hun. Rhoi'r gorau i fod yn gymaint o hen sinig a pheidio bod mor ymhonnus yn meddwl bod pawb yn sbio arna i drwy'r amser. Mi ddylwn i fod wedi dysgu fy ngwers yn hynny o beth yn yr oriel 'na gynnau. Dwi'n mentro rhyw olwg sydyn o 'nghwmpas. Mae golwg ryfeddol o normal ar bawb. Dwi'n ymlacio. Penderfynu mwynhau. A sylweddoli gyda rhyddhad bod popeth i'w gael mewn maint 14 a mwy. Mae 'na sidan a lês o 'nghwmpas ym mhob man a dydi o ddim yn hen stwff coman i gyd. Er bod y pethau coch a du di-chwaeth arferol yma, mae yna bethau del hefyd a does dim rhaid i mi fod yn prynu i blesio dyn.

Dwi'n dod allan o'r siop hefo rhyw dameidiach sidanaidd cwbl anymarferol o fenywaidd. Dyma fi wedi gor-wario ar ddillad isa' anhygoel a does gen i ddim dyn i'w gwerthfawrogi nhw. Mi fasa'n rheitiach i mi fod wedi prynu blwmar mawr o Marks i ddal fy mol a phâr call o slipars at y gaeaf. Ac eto, pam dylwn i blesio neb arall?

Dwi wedi treulio oes yn gwneud hynny. Fy arian i ydi o, ac mae gen i hawl i'w wario fo ar rywbeth del. Mae gen i hawl i'r teimlad braf hwnnw o wybod bod gen i sidan tryloyw a lês nesa' at fy nghroen ac nid rhyw hen flwmar pỳg a'r lastig wedi treulio. Ac phe bawn i'n cael fy nharo i lawr gan lori ar ddiwrnod pan fyddwn i'n gwisgo fy nicyrs sidan mi fyddai dynion yr ambiwlans, o leia, yn cael modd i fyw.

Dydi'r ysfa i wario ddim yn stopio yn siop Ann Summers. Dwi'n mynd i'r stryd yn dalog ac am y tro cyntaf yn f'oes yn arddel y bag hefo enw'r siop arno'n falch. Dwi newydd fod yn prynu dillad isa' secsi a does gen i ddim mymryn o gywilydd.

Nid fel y ferch noeth honno yn y llun ers talwm. Fasai honno ddim yn meiddio bod mor ddigywilydd. Nid dewr oeddwn i bryd hynny pan eisteddais i'n noeth ar gyfer y llun. Doeddwn i ddim yn fentrus, yn feiddgar, yn fwrlwm o hunanhyder ynglŷn â fy nghorff fy hun. Mewn cariad oeddwn i. Dyna'r cwbl. O edrych yn ôl, dwi'n sylweddoli gyda pheth anesmwythyd y byddwn i wedi gwneud unrhyw beth i blesio Johann Roi. Na, fasai'r Aphrodite honno ddim yn gwbl gyfforddus yn cario bag Ann Summers yn y stryd fawr. Ond fi oedd hi. Fi oedd pia'r corff perffaith hwnnw. Fi ysbrydolodd un o arlunwyr pwysica' Ewrop bryd hynny. Dwi'n dechrau cynefino'n araf â mawredd y peth. Mae o'n dechrau rhoi gwefr i mi. Yn deffro rhywbeth ynof fi. Rhyw angen cyntefig, noeth. A dydi mynd ar sbri hefo cerdyn credyd yn siopau dillad Caerdydd yn ddim ond megis dechrau.

* * *

Mae stafell fwyta'r gwesty'n ddistaw. Dwi wedi dewis bwyta'n lled gynnar. Bwrdd i un. Rhywbeth arall na fyddai Aphrodite ers talwm wedi teimlo'n gyfforddus yn ei wneud. Ond mae gen i lyfr. Papurau newydd. A dwi'n mwynhau'r annibyniaeth 'ma. Yn archebu potelaid o Pinot Grigio heb orfod ymgynghori â neb. Olewydd i gychwyn. Salad Cesar i ddilyn. Dwi'n hepgor y pwdin – effaith gweld llun Johann ohono' i, debyg! – ac yn mynd yn syth at y coffi. Nefolaidd. Dwi'n eistedd yn ôl yn hamddenol. Does dim brys am fyrddau yma a'r stafell yn ddim ond hanner llawn. Mae gen i win ar ôl. Dwi'n byseddu clawr fy nofel, yn anghofio'n fwriadol bod gen i un fy hun i'w gorffen cyn pen pythefnos. A dwi'n caniatáu i mi fy hun fflyrtio'n dyner hefo'r gweinydd ifanc Twrcaidd sydd wedi dod i gynnig llenwi fy nghwpan goffi. Pishyn. Bochau tin fel 'falau a llygaid 'run lliw â'r pwdin siocled y bûm i'n ddigon cryf i'w wrthsefyll. Mi fedra i wrthsefyll hwn hefyd. Mae o'n rhy ifanc. Yn rhy glên hefo'r merched i gyd. A dim ond hwyl bach diniwed dwi isio hefo fo beth bynnag. Mae'r thong Ann Summers yn teimlo'n dynnach rhywsut wedi i mi fwyta, yn bygwth fy hollti fel weiren gaws. Be' ddiawl oedd ar fy mhen i'n gwisgo'r fath beth? Be' oedd ar fy mhen i pan brynais i o...?

'Mae'n ddrwg gen i darfu ar eich pryd bwyd chi... Mared Wyn 'dach chi, te?'

Mae o'n ddyn tal, a hynny'n amlycach am fy mod i'n eistedd ac yntau'n sefyll. Efallai'i fod o tua'r hanner cant 'ma. Neu flwyddyn neu'n ddwy'n hŷn na hynny. Mae'i wên o'n bywiogi'i lygaid o'n syth. Llygaid glas. Crys gwyn o liain drud. Oherwydd ei daldra a'i ysgwyddau llydain, dydi'r duedd ynddo i ddechrau magu mymryn o fol yn mennu dim ar y darlun. I'r gwrthwyneb. Edrycha'n gymesur, yn dal ei ddillad yn dda. Dyn 'â dipyn o afael ynddo fo' fasa Mam wedi'i ddweud ers talwm. Mae rhyw natur dechrau britho yn nüwch ei wallt nad ydi o eto wedi cyrraedd ei fwstash. Dwi'n lecio'r ffordd mae o wedi troi ymylon llewys ei grys yn flêr i ddangos wats arian yn nythu'n grwn yn erbyn blew tywyll ei arddwrn, y ffordd mae o'n dal ei siaced ledr ddu'n ddiofal dros un ysgwydd. Mae o'n siarad eto. Llais dwfn, melodaidd. Ei Gymraeg o'n rhywiog, rwydd. Gogleddwr.

'Eich gweld chi yn yr arddangosfa heddiw – mi oeddwn i wedi meddwl cael gair hefo chi yno ond mi ddiflannoch chi i rywle.'

'O?'

Mae 'na ddyn golygus hefo llygaid direidus wedi cael ei ollwng o'r nefoedd reit yn ymyl fy mwrdd bach i. Dwi'n gwisgo'r nicyrs mwya mentrus a fu gen i ers amser maith ac mae'r Pinot Grigio wedi dechrau codi i 'mhen i'n braf. A'r peth difyrraf fedra i feddwl am ei ddweud ydi 'O'.Gwna siâp arni, Mared Wyn, wir Dduw. Ond mae o'n f'achub i drachefn wrth geisio egluro.

'Mae taro arnoch chi eto yn y fan hyn yn gyd-ddigwyddiad hyfryd.'

Fedra inna ddim anghytuno hefo hynny. Mae rhyw bwl o fethu canolbwyntio'n dod drosta i am ennyd. Dwi'n gwylio'i wefusau o heb glywed ei eiriau i gyd, yn meddwl tybed sut gusanwr ydi o. Nes i'w frawddeg nesa' roi hergwd sydyn i mi.

'Mi oeddwn i'n ffrindiau mawr hefo Johann Roi, 'dach

chi'n gweld. Y cyswllt Cymreig ac ati.' Mae'i wyneb o'n difrifoli am ennyd. Y cofio'n brifo. 'Mi ges i wahoddiad i un o'i arddangosfeydd o ar gorn hynny ac mi seliodd hynny'n cyfeillgarwch ni. Mae 'na ddeng mlynedd rŵan ers hynny. Mae colled ar ei ôl o...'

'Arlunydd ydach chitha hefyd?'

'Nid yn hollol. Cerflunydd. Rhoi anadl einioes i'r clai gwlyb. Creu ffurf o anffurf...'

'Ewadd, dyna ddiffiniad telynegol. 'Dach chi'n siŵr nad ydach chi ddim yn fardd yn ogystal!'

Y gwin sy'n gwenieithu. Fyddwn i ddim yn meiddio bod mor dryloyw o smala pe bawn i'n sobor. Ond mae fy ngeiriau wedi'i blesio fo, mae'n amlwg. Mae o'n gwenu gwên sy'n cyrraedd fy nicyrs crand i. O, wel, y gwin a wyddai orau felly... A dwi'n cael hyd i'r hyder i'w holi.

Mae o yma ar ei ben ei hun. Dim gwraig. Na chariad. Neu o leiaf dydi o ddim yn crybwyll neb. Dydw inna ddim am bwyso. I be' a' i i chwilio am gymhlethdodau? Dwi'n mwynhau cysur yr anwybod. Yn meddwl pa mor hyfryd ydi cael fflyrtio hefo dyn deallus sydd hefyd yn beryglus o rywiol. Mae hynny'n gyfuniad poenus o brin o 'mhrofiad i. Dwi'n penderfynu gwneud yn fawr ohono. Yn ei wahodd i ymuno hefo fi am wydraid o win. A dwi'n sâl isio gwybod pam ei fod o isio fy nghyfarfod i.

'Mi fuo mi'n aros yn ei gartra fo sawl gwaith dros y blynyddoedd. Mi oedd Astra a fynta'n groesawus tu hwnt...'

'Astra?'

'Ei wraig o.'

Am ryw reswm, dwi'n teimlo pigiadau bach o genfigen. Wedi'r holl flynyddoedd 'ma. Mae hynny'n peri peth anesmwythyd i mi. Yn enwedig rŵan. Johann yn ei fedd a hithau'n wraig weddw...

'Ches i mo 'nghyflwyno iddi hi heddiw.'

'Doedd hi ddim yno.' Mae o'n synhwyro f'anwybodaeth i, yn gwybod 'mod i'n disgwyl iddo egluro. Yn anwesu coes y gwydryn gwin yn fyfyriol.

'Mi ddaru nhw wahanu rhyw ddwy flynedd yn ôl. Mi arhosodd Leonora hefo'i thad.'

'Mae hi'n ferch arbennig o hardd...'

'Ydi. Ac yn deyrngar iawn i'w thad. Astra aeth a gadael Johann am rywun arall...'

Yr hen stori. Cyfle i mi ddweud 'O' eto, ond wna i ddim.

'Leonora ddaru ddeud wrtha i pwy oeddach chi. Mai chi oedd *Merch Noeth*.'

'Mi oedd angen i rywun ddeud, mae'n debyg. Dwi ddim mor hawdd i fy nabod fel duwies yr ewyn erbyn heddiw!'

Ond dydi o ddim yn barod i fy nghymryd yn ysgafn ar y pen hwnnw. Mae'i deyrnged o'n annisgwyl, yn peri i mi wrido fel merch ysgol.

'Mae gwir harddwch yn goroesi'r blynyddoedd. Mi fyddai'ch llygaid chi'n ysbrydoli arlunydd o hyd.'

Os ydi o'n gwenieithu, mae o'n cael hwyl dda arni. Mae'i lygaid yntau'n pefrio'n beryglus yng ngolau'r gannwyll ar y bwrdd. Dwi'n rhannu gweddill y botel win rhwng ein gwydrau ni. Dwi'n mentro dweud wrtho bod ganddo un fantais fawr drosta i. Mae o'n gwybod fy enw i, diolch i Leonora Roi.

'Mae'n ddrwg gen i. Dwi'n gwbl anghwrtais ac yn ddwl o ddifeddwl!' Mae o'n estyn ei law dros y bwrdd.

Gwell hwyr na hwyrach. Gwneud jôc o'r peth. O osgoi fflam y gannwyll rhag iddo losgi llawes ei grys. Mae o'n deimlad braf, y siarad rhwydd 'ma. Mae o'n sbio'n gynnil, gymeradwyol ar fy mronnau i'n ymwthio drwy fy mlows denau. Dwi'n falch bod y beiddgarwch newydd 'ma ddaeth drosta i'n sydyn yn siop Ann Summers wedi rhoi'r hyder i mi ddod allan heno heb wisgo bra. Gweithred o ffydd os bu 'na un erioed.Ac mae o'n talu ar ei ganfed rŵan!

'Gerallt Ewing. Cerflunydd ac yfwr gwin. At eich gwasanaeth!'

A dwi'n cofio pethau. Arddangosfeydd yn y babell gelf a chrefft. Cerfluniau comisiwn mewn llefydd cyhoeddus.

'Chi ydi Gerallt Ewing!'

Mae'r ffaith 'mod i'n gegrwth gydag embaras yn peri iddo chwerthin yn uchel. Mi ddylwn i fod wedi gwybod pwy oedd o. Ac eto... Mae o fel petai o'n darllen fy meddyliau.

'Oeddwn, mi oeddwn i'n feinach ers talwm! Gwallt hirach a dim mwstash!' Mae o'n rhoi'i law'n ffug-ymddiheurol ar ei fymryn bol. 'Dyna ma llwyddiant yn ei wneud i chi. Gormod o fwyd! A dyna'r eironi mawr i chi. Rhynnu mewn stafelloedd oer a byw ar wellt ei wely sy'n gwneud i ddyn greu campweithiau creadigol, meddan nhw!'

Mae ganddo stiwdio ym Mhwllheli. Hogyn y glannau. Mae'r môr yn thema gref yn ei waith yntau. Dyna pam oedd cefndir *Merch Noeth* wedi cydio yn ei ddychymyg. A dwi'n dechrau dweud yr hanes wrtho. Fy hanes i a Johann. Mae'r cemeg anhygoel 'ma sy rhyngon ni yn fy nychryn i. 'Dan ni'n dweud yr un pethau. Yn meddwl yr un meddyliau. Dwi wedi dechrau dweud pethau wrtho fo nad oes neb arall yn eu gwybod. Ac efallai 'mod i wedi bod yn dyheu am hynny era amser maith. Dyheu am gael dweud.

'Mi fu'r llun 'na ohonoch chi yn ddraenen yn ystlys Astra erioed.' Mae o'n siarad yn dawelach wrth ddweud hynny ac mae golwg euog arno, fel petai o'n bradychu cyfrinach. 'Yn ôl Johann, mi ddaru hi fygwth ei losgi o unwaith.'

Mae clywed hynny'n rhoi ysgytwad i mi. Mi oeddwn i yna felly, ar hyd y blynyddoedd. Yn ananghofiedig. Dydw i ddim yn gwybod sut i ymateb.

'Dydi'r hyn 'dach chi'n ei ddeud wrtha i ddim yn newydd, Mared. Mi ddeudodd Johann wrtha i faint o feddwl oedd gynno fo ohonoch chi. A pha mor anodd oedd hi iddo fo fynd...'

'Mi oedd yn rhaid iddo fo, Gerallt. Nid mater o wireddu breuddwyd yn unig oedd o. Mi oedd gynno fo ormod o ddawn... ac mi oedd 'na rwbath arall... personol...'

'Y Wisg Flodau?'

'Mi ddeudodd o am hynny wrthoch chi hefyd?'

'Do. 'Dach chi'n ferch arbennig iawn, wyddoch chi, Mared...'

Mi oeddwn i i Johann. Dwi'n rhan o'i hanes cynnar o. Mae Gerallt yntau ynghlwm wrth weddill ei orffennol o. Johann sy'n gyfrifol am hyn hefyd. Am y cysylltiad rhwng Gerallt a fi. Gyda'n gilydd mi fedrwn ni osod y darnau ynghyd.

Cwblhau'r darlun.

★   ★   ★

Mae'r 'chi' wedi mynd yn 'ti'. Mae o'n digwydd yn gyflym, fwriadol. Dim ond heno sydd gynnon ni. A dydan ni ddim am edrych tu hwnt iddo fo. Digon i'r diwrnod. Mae'n rhaid i rŵan fod yn ddigon.

'Panad?'

Y peth Cymreig i'w wneud. Mae'r gwin wedi gorffen. Mae gynnon ni becynnau bach o fagiau te a photiau plastig o lefrith UHT. Er mor hyfryd ydi'r stafell wely 'ma, rhywbeth pur debyg ydi'r ddarpariaeth ar gyfer gwneud panad ym mhob man. Yn ddigymell mae 'na chwithdod yn chwalu drosta i. Bagiau te'n sownd wrth linyn a dim lle i roi dim byd. Mae gen i hiraeth am lefrith go iawn ac mae'r tegell yn hir yn berwi. Yn rhoi gormod o amser i mi ail-feddwl. Rhywsut dydi pethau ddim 'run fath heb gannwyll ar y bwrdd. Mae'r stafell daclus, gymesur, amhersonol yn ein cau ni i mewn. Dwi'n clywed ei sŵn o'n gwneud dŵr yn y stafell 'molchi er bod y drws wedi'i gau. Lli cyson, caled yn diferu'n ddim. Mae 'na agosatrwydd mewn peth felly, i fod. Rhyw rannu-popeth o sŵn. Cael pisiad yng nghlyw rhywun arall. Efallai bod hyn yn ormod. A dwi'n dychryn rhyw fymryn. Yn f'atgoffa fy hun mai dim ond ei wahodd o am banad ydw i. I gychwyn. Dydi'r rhyw ddim yn orfodol. Fi sy'n rheoli. Mi ga' i ddweud 'na' unrhyw bryd lecia i. Ei anfon o o 'ma'n syth os oes arna i isio. Dweud wrtho fo'r munud y daw o allan o'r tŷ bach nad ydi hyn yn syniad da wedi'r cwbwl. Fy mod i wedi gwneud camgymeriad dybryd yn ei gamarwain o a'i bod yn ddrwg gen i. Mae gen i hynny i gyd.

Mae 'na sŵn golchi dwylo. Tap yn cau. Dwi'n sylweddoli bod holl gynnwys fy mag 'molchi blêr i'n llanast o gwmpas y sinc. Fy mhethau personol i. Y ffordd dwi'n gwasgu fy mhâst dannedd… Mae o'n agor y drws.

'Gerallt…'

Mae'i aeliau o'n codi'n ymholgar. Aeliau tywyll. Gwallt tywyll. Dwylo cerflunydd…

'Ti'n cymryd llefrith a siwgwr?'

★　★　★

Mae sŵn dinas yn deffro'n codi fel ager at y ffenest agored. Y llenni fel petaen nhw'n anadlu. Mae o'n dal i orwedd wrth fy ochr i. Yn dal i gysgu. Dwi'n syllu arno, ar ei gefn noeth, yn cael ysfa i gyffwrdd tynerwch y blew bach ar ei feingefn, y croen llyfn yn y pant uwch ben bochau'i din o. Dwi isio'i gyffwrdd o hefo 'nwylo, hefo 'mronnau. Dwi'n gafael amdano fo, yn rhoi 'moch yn erbyn ei ysgwydd ac yn estyn llaw'n betrus i gwpanu ei geilliau llonydd. Mae ail-fyw neithiwr yn fy ngwneud i'n llaith. Try yntau ataf, gan ddeffro'n ara' bach i wres fy nghorff innau'n drwm yn ei erbyn. Mae'i wên gysglyd gyntaf yn feddal ar fy ngwefusau. Mae 'mysedd i'n aredig dryswch boreol ei wallt wrth i'w geg grwydro'n boeth. I lawr ac i lawr. Sŵn y llen yn llepian yn erbyn coed y ffenest. Tywyllwch y bore bach yn meddalu wrth i'r haul lyfu gwydrau'r ffenestri. Rhoi a chael. Cael a rhoi. Cymryd ganddo'n farus yn y sicrwydd ei fod yntau'n cael ei wala. Yn fy mwynhau i. Ac yn fy nychymyg dwi'n dduwies yr ewyn am ychydig eto a Johann ydi yntau, yn gwledda ar fy mherffeithrwydd. Ac mae'r môr yn chwyddo'n rhythmig o'n cwmpas ni, oddi tanon ni, yn uwch ac yn uwch, yn don ar ôl ton ar ôl ton…

17

Mae Ceri wedi marw.

Dwi'n cofio'r pethau bychain, dibwys pan ddywedodd Cit wrtha i. Yr awel yn cipio papur peth-da o'r boced yn nrws y car wrth i mi sefyll yno a hwnnw'n dal ar agor. Haenen denau o lwch gwyn ar y bonet wedi'r siwrnai o'r de. Clustdlysau Cit yn fychan bach, yn dal y golau fel dagrau.

Dyna beth oedd gan Ceri ar y gweill, felly. Ei ladd ei hun. Mi oedd ganddo bethau mwy ar ei feddwl na dod hefo fi i Gaerdydd. Dwi'n oeri wrth feddwl am y peth. Wrth feddwl amdano'n cynllunio'i farwolaeth ei hun. Yn cyfri'r tabledi. Yn tywallt wisgi i'w golchi i lawr. Doedd o ddim hyd yn oed yn lecio wisgi. Ond dyna yfodd o. Y *malt* gorau. Mi oedd y botel ar fwrdd y gegin hefo gwydryn crisial drud. Rêl Ceri. Hyd yn oed os oedd o'n cyflawni hunanladdiad mi oedd yn rhaid ei wneud o hefo steil. Ei ddynes llnau gafodd hyd iddo fo yn ei wely. Gwnwisg Yves St. Laurent amdano fo. Mae'r dagrau'n pigo fy llygaid i.

Mae'r llythyr a adawodd o i mi ar bapur drud hefyd. Amlen ariannaidd, hyfryd. Rhy hyfryd i ddal cynnwys mor drist. Llythyr ola' Ceri. Fedra i mo'i agor o am yn hir, hir. Mae mawredd yr hyn sydd wedi digwydd yn fy mygu i, yn ei lapio'i hun o gwmpas fy mhen i fel cwfl. Fedra i ddim meddwl na rhesymu na hyd yn oed galaru.

Mae popeth tu mewn i 'mhenglog i wedi rhewi. Wela i byth mo Ceri eto.

Ceri fy ffrind.

Hyd yn oed pan gysgon ni hefo'n gilydd, wnaeth o ddim mymryn o wahaniaeth i'n cyfeillgarwch ni. Gweithred o rannu oedd o. O brofi. Fel agor potel newydd o win a darganfod, ein dau, ein bod ni wedi yfed peth gwell. Doedd o ddim yn fwy o drychineb na hynny.

Does 'na fawr ers pan fu cnebrwn ei dad. Smwclaw. Wynebau ei chwiorydd fel sisyrnau. Sut byddan nhw'r tro yma, tybed? Faint o'u dagrau nhw fydd yn ddagrau go iawn? Mae Ceri wedi gadael cyfarwyddiadau manwl ynglŷn â threfniadau ei gnebrwn ei hun hefo'r ymgymerwr. Popeth yn chwaethus o syml. A gen i mae'r cyfarwyddiadau rŵan. Mi wna i fy ngorau i wireddu'i ddymuniadau. Er mor anodd fydd hyn i gyd mi fydd yn haws nag agor yr amlen.

Mae'n rhaid i mi fod ar fy mhen fy hun. Dwi'n llyncu heibio'r lwmp yn fy ngwddw, yn ymladd y clymau yn fy stumog sy'n tynhau am fy mherfedd i. Fedra i ddim rhwygo amlen fel hon. Yn barchus ofalus, dwi'n cymryd y gyllell-agor-amlenni o ddrôr ucha'r ddesg. Y gyllell na fydda i byth yn ei defnyddio. Ond mae heddiw'n wahanol. Mae hyn yn wahanol. Yn frawychus drist derfynol o wahanol.

Mared annwyl,

Mae'n ddrwg gen i. Os oes gen i waith ymddiheuro i unrhyw un, i ti mae hynny. Mae'n ddrwg calon gen i fy mod i'n gymaint o gachwr yn gwneud hyn. Mae'n ddrwg gen i na fydda i ddim yma i ti eto a chditha wedi bod yno i mi bob amser. Ond efallai y byddi di'n well heb rywun fel fi, o ran hynny. Mae'n ddrwg gen i hefyd am y diwrnod o'r blaen pan ffoniaist ti. Ti'n cofio pa mor ddi-serch oeddwn i? Oeraidd, hyd yn oed. Hefo chdi, o bawb. Doedd hynny ddim yn fwriad gen i o gwbl, sti – mae'n rhaid i ti ddallt hynny. Ond ti'n gweld, mi ddigwyddaist ti ffonio a finna newydd ddod i'r penderfyniad mwya' terfynol fedar neb ddod iddo fo – nad oeddwn i ddim isio byw. Wyddost ti, mi fu bron i mi ail ystyried ar ôl clywed dy lais di. Mi ddoth hynny â fi at 'y nghoed am dipyn. Mi es i am dro. Meddwl. Trio clirio 'mhen. Ond ddaru o ddim clirio go iawn. Mi oedd 'na gwmwl yn fy nilyn i a fedrwn i mo'i osgoi o. Mae o'n dal yma hefo fi rŵan wrth i mi sgwennu.

Dwi'n cael trafferth sgwennu hefyd. Mae'r weithred gorfforol o roi pin ar bapur yn fy mlino i. Mae hi fel petai 'nghorff i'n drwm, yn ymateb yn boenus o araf i bopeth. Dwi mor flinedig a hynny ers dyddiau bellach. Mae pethau syml fel gwneud panad yn cymryd dwywaith cyn hired ag arfer. Ac mae'r cwmwl 'ma, y cysgod 'ma, hefo fi'n barhaus, yn denau fel gwe ac yn dal ar fy ngwynt i'r un pryd. A dwi'n anghofio pethau. Yn anghofio lle'r ydw i weithiau. Mae oriau'n diflannu dan fy nwylo i a does 'na ddim byd yn eu lle nhw ond gwacter. Fel y diwrnod y ffoniaist ti. Mae'n rhaid fy mod i wedi eistedd yno yn f'unfan am hydoedd, oherwydd pan sylweddolais i lle'r oeddwn i mi oedd hi wedi tywyllu. Pe bawn i wedi bod yn y swyddfa mi fyddai Elen neu Owain wedi dod trwodd i ddweud rhywbeth, i swnian neu i f'atgoffa i am hyn, llall ac arall. Mi fyddai cwmni pobol wedi fy sgytio i allan o'r parlys meddwl od 'ma. Ond gweithio o adra oeddwn i, fel gwyddost ti. Neb i darfu. Neb i swnian. A doedd hynny, i mi, ddim yn beth da. Mi gychwynnais i am y gwaith y bore o'r blaen ac anghofio cyrraedd, os ydi hynny'n bosib!

Meddylia! Pan ddois i 'ataf fy hun', fel petae, mi oeddwn i ar y ffordd ddeuol i Gaer! Doeddwn i jyst ddim yn cofio sut landiais i ar y lôn honno, ac mi oedd hynny'n ddychryn pur, gad i mi ddweud wrthot ti. Doeddwn i ddim yn gyfrifol tu ôl i'r llyw, nag oeddwn? Mi fedrwn i fod wedi achosi damwain. Lladd rhywun. Ers cnebrwn fy nhad, dwi fel petawn i wedi colli gafael ar bethau.

Dwi'n cael breuddwyd, sti. Yr un un, o hyd ac o hyd. Yn nosweithiol, bron, erbyn hyn fel 'mod i ofn mynd i gysgu rhag ofn gorfod ail-fyw'r cyfan eto. Mae hyn wedi digwydd ers claddu Dad. Mae'r cyfan yn debycach i hunllef nag i freuddwyd arferol. Mae'r manylion 'run fath bob tro. Yr un drefn. Yr un lliwiau. Dwi'n cofio'r cyfan fel golygfa mewn ffilm ac yn ei ail-fyw yn ystod y dydd pan dwi'n effro. Dydi'r lluniau sy yn fy mhen i byth yn fy ngadael i. Llais fy nhad, chwerthin fy chwaer fenga' – a'r menyg bocsio 'na. Rhai coch. Coch o liw gwaed. Lliw ofn, perygl, hunllef. Y menyg bocsio coch 'na ges i ganddo fo ar fy mhen-blwydd yn naw oed.

Mi oeddwn i wedi gofyn am recorder er mwyn cael gwersi 'run fath â Carys, fy ffrind o'r ysgol. Mi fedrwn i weld oddi wrth siâp y bocs nad dyna oeddwn i wedi'i gael. Ond doedd dim gormod o ots oherwydd ei bod hi'n amlwg fod ynddo fo syrpreis o ryw fath ac mi rwygais i'r papur oddi am y parsel yn gyffro i gyd. Ond sioc ges i. Sioc a siom o weld mai pâr o fenyg bocsio oedd yn y bocs. Ffordd fy nhad o drio gwneud dyn ohono i. Doedd wiw i mi ddangos fy siom iddo fo, wrth gwrs. Hyd yn oed yn naw oed mi oeddwn i wedi dysgu cuddio fy ngwir deimladau. Dwi'n cofio'r olwg bryderus, gydymdeimladol ar wyneb Mam a'r sbeit yn wreichion caled yn llygaid Meryl, fy chwaer. Mi wthiais i fy nwylo iddyn nhw i'w blesio fo. Eiliadau'n unig. Cyn eu rhoi nhw'n ôl yn y bocs.

Y tro cynta a'r ola i mi eu gwisgo nhw. Dan y gwely buon nhw wedyn yn hel llwch. Mi ddaru o'u hedliw nhw i mi sawl gwaith. Y gwastraff arian. Pa mor anniolchgar oeddwn i. A'r rheiny'n fenyg lledr go iawn. Mi fasai unrhyw hogyn arall wedi gwirioni hefo nhw, medda fo. Ddaru o erioed mo 'ngorfodi i i'w gwisgo nhw chwaith ond mi wyddwn i 'mod i wedi'i bechu o'n anfaddeuol. Ac mi wyddwn i hefyd yn naw oed nad 'unrhyw hogyn arall' oeddwn inna.

Yn y freuddwyd mae Dad yn gwisgo'r menyg. Mae'i ddwylo fo'n edrych yn anferth ynddyn nhw, ac yn dal i chwyddo wrth i mi syllu arnyn nhw. Mae o'n codi'i ddyrnau, a daw'r menyg cochion yn nes ac yn nes. Ac yn sydyn nid Dad ydi o ond Jôs Pen Nionyn, prifathro'r ysgol gynradd ers talwm ac arch-fastad nad oedd o'n methu'r un cyfle i 'mychanu i o flaen y plant eraill. Mi fedra fo 'nghael i i grio'n gynt na neb arall oherwydd fy mod i mor groendena'. Mi oeddwn i'n blentyn sensitif, ac yn fwy 'benywaidd' yng ngolwg y bechgyn eraill efallai am na leciais i erioed gemau pêl-droed. Wnes i erioed ymhyfrydu mewn tynnu coesau pryfaid chwaith 'fath â Defi Brynia a Philip Bwtsiar a'r criw. Mi oeddwn i'n mwynhau canu'r piano a chwmni genod, yn enwedig Carys Tŷ Capal a'i gwallt cyrls duon, gwyllt. Mi oedd Carys fymryn yn hŷn na fi, ac o'r herwydd mi oedd hi'n gwneud i mi deimlo'n saff. Doedd 'na ddim bygythiad yn y tŷ bach twt hefo'r llestri te a'r doliau. Mi oedd 'na dynerwch yn ein chwarae ni – mwytho cwningod a chasglu blodau. Ond doedd bechgyn ddim i fod felly yng ngolwg Jôs Sgŵl a 'nhad. Ac yn fy mreuddwyd mae'r naill yn ymgorfforiad o'r llall ac mae'r menyg diawledig 'na'n dod yn nes ac yn nes fel nad ydw i'n gweld dim byd ond coch, coch, coch yn llenwi fy llygaid i a sŵn y plant ar yr iard, a Meryl fy chwaer yn eu plith nhw, yn gweiddi: 'Cadi ffan, cadi ffan. Stidwch o!' Dwi'n trio cau fy llygaid ond fedra i ddim oherwydd bod coch y menyg wedi troi'n waed cynnes, gludiog sy'n diferu iddyn nhw, yn fy nallu i. Pan dwi'n llwyddo i agor fy llygaid o'r diwedd, mae'r plant eraill yn bell, bell oddi wrtha i, yn ddotiau bychain o liw. Dwi'n sbio i lawr arna i fy hun ond dydw i ddim mewn lliw, dwi mewn du a gwyn fel hen ffilm dim ond bod y gwaed coch, gludiog 'ma'n dal i ddiferu o rywle. Dwi'n cael fy nghario'n bellach o bob man, oddi wrth bawb a wedyn daw'r teimlad 'mod i'n disgyn, disgyn, yn trio gweiddi ond does 'na ddim sŵn yn dod allan.

Dwi'n darllen rhwng llinellau'r freuddwyd 'ma. Yn gweld gormod ynddi, efallai. Ond erys y ffaith 'mod i'n teimlo'n ddiwerth, yn annheilwng a 'mod i ar fy mhen fy hun yn y byd. Ti'n gweld, Mared, fedra i ddim byw hefo'r ffaith fod Dad wedi mynd i'w fedd a ninna heb gymodi. Dwi wedi trio 'ngorau i'w gasáu o, oherwydd mi oedd o'n hen fastad hefo fi, ond fedra i ddim. Mi oeddwn i isio'i gariad o, ei gymeradwyaeth o a wnes i erioed roi'r gorau i obeithio y byddwn i'n gwneud rhywbeth ryw dro i wneud iddo deimlo'n falch ohono i. Ond ddigwyddodd hynny ddim a rŵan mae hi'n rhy hwyr.

Fedra fo ddim dygymod â'r ffaith 'mod i'n hoyw. Mi oeddwn i'n siom iddo fo. A mwy. Mi oedd ganddo fo gywilydd ohono i ac mi oedd hynny'n brifo. Yn torri i'r byw. Mi oedd arna i gymaint o isio'i blesio fo. Isio'i gariad o. Isio iddo fo sbio arna i'n gariadus fel y bydda fo'n sbio ar Meryl a Bet. Ond fedrwn i wneud dim byd yn iawn yn ei olwg o. Doeddwn i ddim fel yr hogiau eraill. Mi oeddwn i'n gerddorol, yn greadigol, yn sensitif. Pethau benywaidd, yn ei farn o. Mi oeddwn i'n rhy ferchetaidd o lawer yn hogyn a phan dyfodd yr *hogyn yn ddyn a chyfaddef ynglŷn â'i rywioldeb mi chwalodd popeth rhyngon ni. Mi bechais nid yn unig yn ei erbyn o ond yn erbyn y Bod Mawr yn ogystal. Dyna pryd y dechreuais amau fy nghrefydd hefyd.*

Mi arhosodd tan ar ôl i Mam farw i ddweud wrtha i be'n union oedd o'n ei feddwl ohono i. Mi wnaeth hi bethau'n haws, wrth gwrs. Tra oedd Mam yn fyw mi oedd gen i rywun yn gefn. Hebddi hi doedd gen i neb. Ddaru Dad ddim dal yn ôl wedyn. Mi oedd o wedi brathu'i dafod droeon, medda fo, rhag ypsetio Mam. Ond doeddwn i ddim yn fab iddo fo bellach. Mi oeddwn i'n fethiant. Yn annaturiol. Onid oedd y cyfrifoldeb arna i, fel ei unig fab, am barhad y teulu? Ei enw o. Fyddai hynny byth yn digwydd rŵan a finna 'fel oeddwn i'. Mi feddyliet wrth wrando arno'n traethu bod gen i gyrn yn tyfu o 'mhen! Mi wnaeth i mi deimlo'n fudr, Mared. Yn wrthodedig. Wedyn mi daniodd yr ergyd ola. Yr ergyd farwol, os mynni di. Fy llorio i hefo'r geiriau oer, ola 'na: 'Mi fasai'n well gen i fab marw na mab hoyw.' A fynta'n ddyn capal. Yn un o 'bileri cymdeithas'.

Dwi'n blino rŵan, Mared. Mae hi wedi cymryd amser maith i mi sgwennu'r llythyr 'ma. Mae crafangau'r hen gwmwl 'ma'n cyrraedd fy mherfedd i. Dwi'n teimlo'n union fel petai 'na rywbeth yn byw tu mewn i mi, rhyw gnonyn, yn cnoi'n ddibaid. Nid poen corfforol ydi o, ond mae o bron â bod, fel petai pob hiraeth a cholled a galar yn y byd wedi crynhoi'n un cnotyn caled yn fy stumog i. Fedra i ddim cael gwared arno fo. Fedra i ddim gwella. Dwi wedi cael digon ar fy nhwyllo fy hun – a phawb arall – fy mod i'n iawn. Fel gweli di, dydw i ddim.

Yma mae'r llawysgrifen yn newid. Yn flerach. Mae lliw'r inc yn wahanol. Mae ôl brys ar y cyfan, ac mae hi'n amlwg bod Ceri wedi dychwelyd at ei lythyr ar ôl ei adael am sbel. Ai dyna pryd ddaru o estyn y tabledi, cloi'r drysau? Mae'r ysgrifen frysiog, flêr mor annodweddiadol ohono. Mae hi fel petai o wedi bod ofn methu gorffen… Ceri annwyl, wirion. Pam na fasat ti wedi siarad hefo fi? Dwi'n cael trafferth darllen trwy 'nagrau a dydi'r ysgrifen traed brain ddim yn helpu. Mae'r cyfan yn dawnsio'n facabr o flaen fy llygaid i, a chynffonnau'r llythrennau'n cwafro'n ansicr. Fel sgwennu hen ddyn wedi cael strôc.

Dwi'n ymdrechu gyda'r diweddglo ffwndrus lle mae o'n diolch i mi am bopeth. Am fod yn ffrind iddo. Yn ymddiheuro eto. Ceri dlawd. Sut ffrind oeddwn i i ti, dywed, yn colli'r arwyddion 'ma i gyd? Mi oeddwn i mor ddall i bopeth ond fy mhroblemau fy hun.

18

Mae Cit a finna'n cael brecwast hamddenol am unwaith. Diogi yn ein pyjamas. Mae hi'n edrych mor ifanc, hefo llun yr eliffant pinc 'na ar ganol ei thop hi.

'Ti'n teimlo'n iawn bora ma?'

Mae hi'n chwarae ers meitin hefo tamaid bach o dost, yn troi'i thrwyn ar de a choffi, ac yn mentro sudd oren yn unig.

'Go lew. Fy stumog i braidd yn sâl…' Mentra wên fach ddyfrllyd.

'Gwranda, Cit, beth bynnag wyt ti'n ei benderfynu ynglŷn â'r beichiogrwydd 'ma, wel, dwi yma i ti…'

'Dwi wedi penderfynu. Dwi'n mynd i gael y babi ma, Mam.'

Mae hi'n dawel, hunanfeddiannol. Doeddwn i ddim wedi disgwyl iddi ddweud hynny a hithau wedi bod mor daer o blaid erthyliad. Dwi'n dechrau meddwl yn sydyn pryd, a sut, i ddweud wrth Dad ond mae Cit yn fy ngadael i'n syfrdan unwaith yn rhagor.

'Mae Taid yn meddwl 'mod i'n gneud y peth iawn hefyd.'

'Be?'

Mae'n rhaid bod golwg ddoniol arna i yn fy anghredinedd oherwydd bod Cit yn dechrau chwerthin.

'*Chill*, Mam. Ma Taid yn cŵl am y peth. Mae o'n un da

iawn am wrando, chwarae teg. Mi fuon ni'n siarad am oria...'

Dwi'n dal yn gegrwth. Sut llwyddodd hi i ddweud wrtho fo heb iddo fo gael strôc? Mi aeth yn gandryll hefo fi pan ddywedais i wrtho fo fy mod i'n disgwyl Cit bryd hynny. Dwi'n penderfynu dweud hynny wrthi.

'Dwi'n gwbod.'

'Taid ddeudodd hynny wrtha ti?'

'Ia, a deud na faswn inna ddim yma heddiw heblaw am y beichiogrwydd hwnnw.'

Yr un peth ddywedodd Eic hefyd. Dwi'n sbio ar Cit, ar yr haul cynnar yn bachu cudyn o'i gwallt hi ac yn fframio'i hwyneb hi mewn golau. Mae'r tebygrwydd rhyngddi hi a Leonora Roi yn f'atgoffa i bod gen innau gyfrinachau hefyd. Dydi hi byth wedi cyfaddef pwy ydi tad y babi. Wna i ddim pwyso arni. Dwi'n dal i amau'n gryf mai Dylan Lloyd ydi o. Ond pwy ydw i i weld bai? Efallai fy mod i mewn gwell sefyllfa na neb i ddeall gwewyr Cit, ond mae hi wedi cymryd amser hir i mi sylweddoli hynny. Mae cael fy ngorfodi i ail fyw fy ngorffennol wedi gwneud i mi edrych ar bethau'n wahanol. Ydw i am ddweud wrthi rŵan mai Johann ydi'i thad hi? Bod ganddi hanner chwaer sy'r un ffunud â hi? Go brin. I be'r a' i i chwalu pethau rhyngddi hi ac Eic?

★ ★ ★

Mae rhywun yn canu'r gloch yn ymosodol. Mae Cit newydd redeg i chwydu ac mae 'na dafell o fara'n sownd yn y tostar. Y gloch eto. Ogla llosgi. Y larwm fwg yn ymarfer ei diawledigrwydd.

Dwi'n brysio i agor. Mae'n rhaid bod golwg wyllt arna

i. Gwallt fel nyth, briwsion tost hyd du blaen fy ngwnwisg.

'Mae'n ddrwg gen i darfu arnoch chi mor fore a chitha'n amlwg heb gael trefn.'

Dydi hi ddim yn blygeiniol ac mae'n amlwg bod chwaer Ceri'n hen law ar goegni. Mae hi'n llwyddo i wneud i mi deimlo'n slebog ddiog yn syth. Y chwaer feinaf o'r ddwy. Yr wyneb siswrn. Mae'n rhaid mai hon ydi Meryl. Ches i ddim gwybod ei henw hi pan gyfarfyddon ni yn angladd ei thad. Wyddwn i ddim bryd hynny pa un oedd Bet a pha un oedd Meryl. Doedd gen i fawr o ddiddordeb ynddyn nhw ar y pryd a'r cyfan y sylwais i arno oedd bod un yn dew a'r llall yn denau a bod y ddwy am y gorau i fod yn ddi-serch. Ond ar ôl darllen llythyr Ceri mae hi'n amlwg mai hon ydi'r bitsh fwya o'r ddwy.

'Chi sy'n gyfrifol am drefnu angladd Cerwyn, felly.'

'Ia, dyna'i ddymuniad o...'

'Dim ond dod i ddeud wrthach chi na fyddan ni ddim yno.'

Dwi'n cymryd ei bod hi'n cynnwys ei chwaer yn y 'ni'.

'Gan nad ydi'i deulu o'i hun yn ddigon da ganddo fo, wel...'

Mae rhywbeth yn digwydd i mi'n sydyn. Mae holl densiwn y dyddiau diwetha'n codi i'r berw. Dwi'n anghofio am fy ngwallt blêr a 'ngwnwisg.

'Nac'dach, tydach chi ddim yn ddigon da iddo fo. Doedd Ceri ddim yn haeddu teulu mor uffernol. Dwi'n falch iawn na fyddwch chi ddim ar gyfyl yr eglwys 'na fory. Cofio'n annwyl am Ceri fyddan ni fory, y rhai ohonon ni oedd yn ei garu o, a does 'na ddim croeso i wiberod fath â chi p'run bynnag!'

Dwi'n crynu ar ôl cau'r drws yn ei hwyneb hi. Mae'r wal yn oer yn erbyn fy wyneb innau a dwi'n anadlu'n ddwfn er mwyn adfer fy hunanfeddiant. Cit! Ydi Cit yn iawn? Y greadures fach yn chwydu'i pherfedd a finna wedi gadael iddi ar ei phen ei hun. Ond mae Cit tu ôl i mi. Yn gwenu. Mae hi'n esmwytho 'ngwallt i, yn trio rhoi trefn ar ei ddryswch hefo'i dwylo ac mae'r ddwy ohonon ni'n chwerthin yn afreolus wrth glywed car Meryl yn tynnu oddi wrth y tŷ.

'*Nice one*, Mam!'

* * *

Dwi'n falch bod Eic wedi dod hefo ni i gnebrwn Ceri. Mae 'na haul ac awel a thangnefedd.

'Diolch i ti am ddŵad, Eic.'

'Dwi'n gwbod faint o feddwl oedd gen ti ohono fo.'

'Wel, dwi'n falch o gael dy gwmni di.'

'Dwi inna'n sobor o falch dros Cit hefyd. Ei bod hi'n cael y babi 'ma.'

'Wyt, dwi'n gwbod...'

'Mae gen i feddwl y byd ohoni, sti.'

'Wel, oes siŵr iawn...'

'Dwi'n ei charu hi fel tasa hi'n blentyn i mi.'

Dwi'n rhewi ar ei eiriau olaf o.

'Be' ti'n feddwl...?' Ond dwi'n gwybod be'mae o'n ei feddwl ac mae gen i ofn edrych arno fo.

'Mi wnes i amau o'r dechrau un.'

'Ddeudist ti ddim byd?'

'I be'? Mi oeddwn i dy isio di... Wnest ti mo 'ngorfodi

142

i. Ac ella basa ti wedi bod yn well hebdda i beth bynnag. Ond mi oeddwn i'n dy garu di, sti...'

'Dwi'n gwbod.'

Dwi'n gwybod cymaint o bethau erbyn hyn. Am Eic. A 'nhad. Ac amdana i fy hun. Biti na fyddwn i wedi dod i wybod mwy am fywyd Ceri cyn i bethau fynd yn rhy hwyr.

'Ma' ddrwg gen i, Eic...'

Mae o'n gwasgu 'mraich i: 'Paid byth ag ymddiheuro bod Cit yn y byd.'

Mae anwyldeb y geiriau'n gwneud i mi grio. Efallai 'mod i'n meddwl am Ceri a'i dad. Doedd hyd yn oed y cwlwm gwaed ddim yn ddigon iddyn nhw.

Mi orffenna i fy nofel gomisiwn. Oherwydd Ceri y derbyniais i'r gwaith. Mi oedd ei frwdfrydedd o'n heintus. Ac mae arna i gymaint â hynny iddo fo, o leia. Ond mae arna i rywbeth arall iddo fo hefyd. Dwi'n meddwl am Johann. Ffrog ei fam. *Y Wisg Flodau*. Ei deyrnged iddi. Mae'r awel yn mwytho pennau'r blodau yn y pridd ffres.

Dydi'r nofel bwysica' ddim wedi ei sgrifennu eto.